Hans Blum

Junius - Schauspiel in vier Akten

Hans Blum

Junius - Schauspiel in vier Akten

ISBN/EAN: 9783743643635

Hergestellt in Europa, USA, Kanada, Australien, Japan

Cover: Foto ©Andreas Hilbeck / pixelio.de

Weitere Bücher finden Sie auf **www.hansebooks.com**

Junius.

Schauspiel in vier Akten.

Den Bühnen gegenüber Manuscript.

Personen.

Georg III., König von Großbritannien.
Herzog von Grafton, Premierminister.
Lord North, Kanzler der Schatzkammer.
Lord Camden, Lordkanzler, früher Lordoberrichter.
Lord Mansfield, Lordoberrichter (Präsident des höchsten
 Gerichtshofes der Kings Bench).
Lord Weymouth, Minister des Innern.
Lord Holland, früher Premierminister, Günstling und Rath-
 geber des Königs.
Graf Talbot, Oberhofmarschall.
Philipp Rosenhagen, Armee- und Hofprediger.
John Calcraft, Geheimsekretär von Lord Chatam (Pitt).
John Wilkes, Besitzer der Zeitung „North Briton".
Edmund Burke.
William Beckford, Lordmayor von London, Freund von Wilkes.
Philipp Francis, erster Clerk des Kriegsamts.
Grace, seine Gattin.
May, sein Kind.
Harry D'Oyly, zweiter Clerk des Kriegsamts.
Portia Wilkes, Tochter von John Wilkes, seine Braut.
Woodfall, Besitzer der Zeitung „Public Advertiser".
Jackson, dessen Diener.
Nancy Parsons, Schauspielerin, Geliebte des Herzogs von Grafton.
Ein Dienstmädchen. Bürger. Bürgerinnen. Zeitungsträger. Hofleute, Diener ꝛc.

(rechts, Klammer 1:) Anhänger des Königs und seiner Regierung.

(rechts, Klammer 2:) Mitglieder des Parlaments und der Opposition.

Zeit der Handlung:

1. Akt Mitte Januar 1769.
2. Akt April 1769.
3. Akt December 1769.
4. Akt 1770.

Ort der Handlung: London.

1. Akt Gemäldezimmer bei Lord Holland.
2. „ Arbeitszimmer bei Francis.
   Straße von London.
3. „ Geschäftszimmer von Francis im Kriegsministerium.
   Leberzimmer des Königs im Palast zu St. James.
4. „ Zimmer des Lordoberrichters Mansfield im Westminster-Palast.
   Empfangszimmer im Palast des Lordmayor.

Für die Regie.

Bei Beginn des Stückes ist:

Der König 31 Jahre alt
Grafton 33 „ „
North 36 „ „
Burke 39 „ „
Francis 29 „ „
Woodfall „ „ „
D'Oyly „ „ „
Rosenhagen „ „ „
Wilkes 42 „ „
Beckford „ „ „
Holland ⎫
Camden ⎪
Mansfield ⎬ erheblich älter.
Weymouth ⎪
Calcraft ⎭

(Rechts und links vom Zuschauerstandpunkte aus.)

———•◦•———

Die im Text eingeklammerten Zahlen beziehen sich auf den Anhang.

I. Akt.

(Zeit: Mitte Januar 1769.)

Scene: Zimmer im Hause Lord Holland's in London. An den Wänden zahl-
reiche Gemälde. Man kann durch die Thür und bogenfensterartigen Oeffnungen
der Mittelwand in dahinter gelegene Staatszimmer blicken. Alles festlich her-
gerichtet und erleuchtet. Tische, Stühle, Büffet mit Speisen und Getränken, Alles
im Geschmack der Zeit. In der Mitte ein Rundbiwan, der Calcraft und Francis
— welche rechts hinten verweilen — den Blicken der Lords — welche links vorn
sitzen — entzieht.

Erste Scene.

Lord Holland, Herzog von Grafton, Lord North, Weymouth, Mansfield (sitzen links im Vordergrund der Bühne bei Champagner).

Lord Holland.

Wir sind also völlig einig, Mylords. Einig mit dem
Willen Seiner Majestät. Einig unter uns!

Lord Weymouth (wichtig und pedantisch).

Völlig einig!

Alle.

Völlig einig!

Zweite Scene.

Vorige. John Calcraft. Philipp Francis.

Calcraft

(ist während der letzten Worte durch die Mittelthüre getreten. Er betrachtet
scheinbar die an der Wand hängenden Gemälde [rechts], beobachtet aber
scharf die am Tische sitzenden Herren.)

Francis

(dicht hinter ihm, wie Calcraft verfahrend).

Calcraft und Francis

(stoßen bei Betrachtung der Bilder durch die hohle Hand und beim Zurück-
treten von denselben wiederholt mit dem Rücken zusammen, machen sich
entschuldigende Verbeugungen und betrachten dann die Gemälde
gemeinsam).

Lord Holland.

Lassen Sie mich die Hauptpunkte unseres Einverständ=
nisses kurz zusammenfassen, Mylords, damit wir an den
parlamentarischen Waisenknaben, die ich unten in den
großen Saal geladen habe, die Waisenpflege in einheit=
lichem Sinne üben können. Wir danken der neunjährigen
Regierung unsres Allergnädigsten Königs ein Parlament,
dessen Mehrheit in beiden Häusern der Krone zu Füßen
liegt. —

Grafton (in Weinlaune, stark trinkend).

Es hat der Krone auch ein schönes Stück Geld ge=
kostet, diese Mehrheit zu erlangen. (¹)

Holland (fortfahrend).

Wir wollen das Parlament immer willenlos erhalten.

Alle.

Das wollen wir! Es lebe das willenlose Parlament!

(Sie stoßen an.)

Holland.

Die Einzigen, die uns daran hindern könnten, sind
unschädlich gemacht: Lord Chatam, der sogenannte große
Pitt, Ihr Vorgänger im Amt, Lord Grafton, durch Krank=
heit; der Führer der Opposition im Unterhause, John
Wilkes, durch seine Kerkerhaft. (²) Wir danken seine Ver=
urtheilung der genialen Rechtsprechung unseres Freundes,
Lordoberrichters Mansfield.

Grafton (das volle Glas leerend).

Ein Hurrah unserm Lordoberrichter!

Mansfield.

Man thut, was man kann, Mylords. Es kommt ja überall nur auf den S ch e i n des Rechts an. Das Recht ist nur ein mit dem Mantel des Gesetzes bekleideter Schein.

· Weymouth.

Bravo, bravissimo! Höchst scharfsinnig.

Holland.

Gut. Wir sind weiter entschlossen, den gefangenen Volksmann Wilkes auch dann unschädlich zu machen, wenn über Jahr und Tag die Pforten des Gefängnisses sich ihm öffnen. Er ist wegen einer höchst verrätherischen Schmäh= schrift gegen den König verurtheilt. Das Parlament muß ihn deshalb ein für allemal seines Sitzes im Unterhause für unwürdig erklären, und wenn ihn London dennoch wiederwählt, einfach unsern ihm gegenüberzustellenden Kan= didaten, den Oberst Lutrell, für gewählt erklären, gleich= viel wie wenig Stimmen Oberst Lutrell erlangt.

Alle.

Wir sind einig darüber!

Holland.

Wohlan denn, Mylords, gehen wir an unsere Waisen= pflege! Es gilt, die noch unentschlossenen Glieder des Parlamentes, die unten versammelt sind, für unsere Be= schlüsse zu gewinnen.

(**North, Weymouth, Mansfield** ab. **Holland, Grafton** hinter ihnen, bis zur Thüre.)

Dritte Scene.

Grafton. Holland. Calcraft. Francis.

Grafton
(gewahrt, wie er den Uebrigen durch die Thüre folgen will, Calcraft. Er geht auf ihn zu).

Calcraft und **Francis,**
dann auch Grafton (im Vordergrund der Bühne).

Lord Holland
(Anfangs noch an der Thüre, tritt langsam näher an Grafton heran).

Grafton (zu Calcraft).

Ich bitte um Entschuldigung, Sir, mit wem habe ich denn die Ehre?

Calcraft.

Mein Name ist John Calcraft, Mitglied des Parla= ments.

Grafton.

Ach, das ehrenwerthe Mitglied für —

Calcraft.

Für Poole, Durchlaucht. (³)

Grafton.

Ach für Poole. — Ein sehr hübscher Platz das, Poole. (Leise) Ich habe keine Ahnung, wo das liegt! —

Calcraft.

Für bescheidene Ansprüche genügend, Durchlaucht. Aber sehr nette Leute dort.

Grafton.

Natürlich, die Wähler sind immer nett. (Sich plötzlich besinnend:) Sind Sie nicht auch so etwas wie — wie der Londoner Geheimsekretär des Lord Chatam — des großen Pitt? (⁴)

Calcraft.

Nein, nicht „so etwas wie“, Durchlaucht, ich bin es wirklich.

Grafton (mißtrauisch).

Und gleichwohl heute hier bei Lord Holland?

Calcraft.

Ich hatte die Ehre, hier eingeladen zu werden, wie der Herzog von Grafton. Ich war Jahre lang der Geheimsekretär Seiner Herrlichkeit des Lord Holland, ehe ich in Lord Chatam's Dienste trat, und war schon ein bescheidener Freund Lord Holland's, als Eure Durchlaucht noch in die Schule gingen.

Lord Holland
(vortretend zu Grafton, Grafton's Arm fassend, leise).

Sie sind an den Unrechten gerathen. (Laut zu Calcraft und Francis:) Herzlich willkommen! Wollen die Herren nicht dem Büffet etwas zusprechen?

Grafton
(sich von Lord Holland's Arm losreißend, aufbrausend zu Calcraft).

Sie verweilten schon längere Zeit in diesem Zimmer — was führte Sie hierher?

Lord Holland (leise).

Grafton, mäßigen Sie sich!

Calcraft (zu Grafton).

Die herrliche Gemäldegallerie Lord Holland's.

Grafton (immer hitziger).

Das ist eine gute Ausrede — man hätte sonst glauben können, daß die hier von Anderen gesprochenen Worte für den Geheimsekretär Lord Chatam's einige Anziehungskraft besessen hätten.

Calcraft (ruhig, boshaft).

Das soll heißen, daß ich g e l a u s c h t hätte, Durch=
laucht? Das Lauschen ist jedoch bei den Worten, Thaten
und Werken des Ministeriums Grafton eine überflüssige
Arbeit. Die geheimsten Absichten dieses Ministeriums
werden durch die herrlichen Früchte, die es liefert, sofort
erkennbar.

Lord Holland (den Arm Grafton's fassend, leise).

Lassen Sie ab von ihm, Grafton, Sie ziehen den
Kürzeren.

Grafton (leise zu Holland).

Wir werden sehen. (Laut zu Calcraft, mit verändertem Ton.)
Verzeihen Sie, Sir, wenn ich heftig wurde. Aber in diesen
Tagen schweren Kampfes sieht man nicht gern einen Feind
im eigenen Lager. Warum sind Sie überhaupt unser
F e i n d? Wie Sie von Lord H o l l a n d zu Lord C h a t a m
übergingen, könnten Sie doch auch den Weg von Lord
Chatam zu uns zurückfinden?

Calcraft (überlegend).

Nun das käme auf die Bedingungen an.

Grafton (auf Francis deutend).

Ist Ihnen dieser Zeuge nicht lästig?

Calcraft.

Durchaus nicht, Durchlaucht. (Vorstellend:) Herr Philipp
Francis, Erster Clerk des Kriegsamts.

(Verbeugung zwischen Francis und Grafton.)

Grafton.

Richtig, Herr Philipp Francis. — Nun — Ihre Be=
dingungen, Herr A b g e o r d n e t e r Calcraft?

Calcraft (überlegend).

Nun, für's Erste müßte Wilkes in Freiheit gesetzt und zum Parlament ungehindert zugelassen werden.

Grafton (aufwallend).

Das nennen Sie „für's Erste"? Da bin ich wirklich neugierig, was Sie noch weiter fordern. Diese erste Be= dingung ist einfach unerfüllbar.

Calcraft.

So, Durchlaucht? — Wilkes hat aber sehr einflußreiche Freunde, deren Ansehen ihm wohl zur Begnadigung ver= helfen wird, — (mit Betonung) wenn diese Freunde sich nicht jeder Achtung im Lande berauben wollen.

Grafton.

Sie machen mich neugierig.

Calcraft.

Ich meine vor Allen e i n e n Freund, Durchlaucht. Als Wilkes das erste Mal ohne Richterspruch wegen einer angeblichen Schmähschrift in seiner Zeitung „North Briton" in den Tower geworfen wurde, da erschien ein hochstehender Pair dieses Königreichs in seiner Zelle — (⁵)

Grafton (wird unruhig).

Calcraft.

Dieser Pair versicherte Wilkes seiner Freundschaft und versprach ihm Schutz und Hülfe. Dieser edle Herr war der Herzog von Grafton!

Grafton (bewegt, verlegen).

Das ist richtig. Aber —

Calcraft.

Aber Wilkes ist inzwischen wegen derselben Schrift, für die ihn der Herzog von Grafton belobte und zu beschützen verhieß, zu zwei Jahren Gefängniß verurtheilt, der Herr Herzog von Grafton aber ist Premierminister von England geworden und erklärt die Freilassung von Wilkes für unmöglich. Um das zu wissen, braucht man nicht zu lauschen, Durchlaucht.

Grafton
(knirschend und die Fäuste ballend, zu Holland, leise).

Warum laden Sie solche Menschen ein, Mylord?

Holland (zu Grafton, leise).

Warum fordern Sie sie heraus?

Calcraft.

Aber Wilkes empfing noch mehr Beweise von Ihrer und der Herren Minister Freundschaft. ([6])

Grafton (noch unruhiger).

Calcraft.

Als Wilkes vor fünf Jahren vor einer ungesetzlichen Verfolgung nach Paris floh und dort vier Jahre im Exil lebte, da schossen die Minister Seiner Majestät jährlich tausend Pfund zu seinem Unterhalte zusammen — um ihn nämlich fern von der Heimath zu halten. Auch Eure Durchlaucht betheiligten sich an diesem Liebeswerke nach dem Maße der Mittel, welche Ihnen Ihr auch anderweit so liebebedürftiges Herz übrig gelassen hatte.

Grafton (erbittert).

Sind Sie zu Ende?

— 13 —

Calcraft.

Augenblicklich. Sie wollten ja meine Bedingungen kennen lernen, Durchlaucht? Ich begnüge mich mit einer zweiten, und lasse, wenn diese gewährt wird, selbst die Freilassung Wilkes' fallen, (mehr für sich:) denn ich erreiche sie zugleich mit.

Grafton (unwillig, doch neugierig).

Nun?

Calcraft.

Erinnern sich Ihre Durchlaucht doch einen Augenblick an den höchst merkwürdigen Zufall, der Sie zum Premier= minister machte. (⁷)

Grafton.

Ist der Wille Ihres gnädigen Königs ein höchst merk= würdiger Zufall?

Calcraft.

Es war doch etwas weniger als der Wille des Königs, Durchlaucht. Oder vielleicht auch etwas mehr. Sie wurden durch Lord Chatam Minister, er hielt Sie für unbescholten, sogar für liberal. Deshalb wagte er es, unter Ihrer herzoglichen Flagge das Ruder des Staates zu übernehmen. Alle Welt hätte ja doch Pitt's großen Genius, seine starke Hand an dem stolzen Fluge unseres Staatsschiffes erkannt. Aber von neuem warf die unselige Gicht den theuren Mann vor drei Jahren auf das Leidens= lager. Er mußte das Steuer Ihren Händen überlassen, Durchlaucht. Wohin haben Sie das Schiff ge= führt? Vergleichen Sie den Kurs, den Pitt's hoher Geist einschlug, mit dem Ihrigen! Gefahren ringsum. Muthwillig treiben Sie der tückischen Brandung entgegen, die Ihnen von der nordamerikanischen Küste entgegenbrüllt.

Alle Mächte der Erde und des Himmels fordern Sie heraus gegen Ihre Leitung. Hören Sie nicht, wie es unter Ihnen grollt und brandet, Herr Herzog? (Unheimlich.) Sehen Sie nicht den großen Leck im Innern des Staatsschiffes, Durchlaucht, den Ihr Ungeschick, Ihr Eigensinn und Ihre Sorglosigkeit verursachte und der Ihnen und uns Allen Untergang droht, wenn die entfesselten Elemente herein= brechen? (Energisch.) Eilen Sie, Herzog, so lange es Zeit ist, und legen Sie das Steuer wieder in die einzige Hand, die England retten kann, in die des großen Pitt, des Lord Chatam. Er kann und wird es übernehmen, denn er ist genesen.

Grafton (zu Lord Holland).

Hahaha, Mylord — der Mann sollte Verse schreiben, Milton's verlorenes Paradies verbessern, Shakespeare über= trumpfen. Aber Staatsgeschäfte sollte er prosaischeren Leuten überlassen. (Will gehen.)

Calcraft (ihm nacheilend).

An Prosa fehlt es sonst diesem Manne nicht, Durch= laucht. Er kann Ihnen die Nothwendigkeit seiner Forderung auch durch ein schlichtes Rechenexempel darthun.

Grafton.

So? Wirklich?

Calcraft.

Das Ministerium Chatam — Grafton — North ꝛc. stellte eine sehr hohe Zahl dar. Aber mit Lord Chatam schied der einzige Zähler aus — und nur Nullen blieben übrig. Fügen Sie den Einen Zähler wieder hinzu, Herr Herzog. Um diesen Preis ist John Calcraft's Stimme im Parlamente zu haben.

(Rasch nach rechts ab.)

Vierte Scene.

Vorige ohne Calcraft.

Grafton (zu Holland).

Das ist ja der leibhaftige Satan.

Holland.

Sie haben heute keinen glücklichen Tag, Durchlaucht. Zerstreuen Sie sich erst bei den Damen, ehe Sie sich an unsere parlamentarischen Waisenknaben machen.

Grafton (zu Francis).

Sie werden doch über das schweigen, was Sie hier hörten?

Francis.

Ich schweige stets, bis ich eingeladen werde, zu reden.

Holland (zu Grafton).

Sie können sich auf den jungen Mann verlassen.

(Grafton ab.)

Fünfte Scene.

Holland, Francis.

Holland.

Sie hörten Wichtiges mit an, Francis.

Francis.

Das wird mir im Hause Eurer Herrlichkeit immer zu Theil.

Holland.

Ich wünsche mir Glück dazu, Sie in den Dienst der Krone gestellt zu haben, Francis. Schon in Ihrem sechs=zehnten Jahr, als mein Lateinsekretär im auswärtigen

Amte, überraschten Sie mich durch Ihre ausgezeichneten Leistungen. Nicht minder meinen Nachfolger, Lord Chatam. (⁸)

Francis (verbeugt sich bescheiden).

Er verschwendete sein Lob an mir, wie Eure Lordschaft.

Holland.

O, — Lord Chatam ist sonst geizig mit Lob. Aber Alle, denen ich Sie empfahl, rühmten Ihren Fleiß, Ihr großes Talent, Francis.

Francis.

Ich dankte meine rasche Carriere nur Eurer Lordschaft. Sie verschafften mir die Freude, in jungen Jahren, im Dienst meines Landes Portugal und Frankreich kennen zu lernen. Sie empfahlen mich vor nun sechs Jahren in meine jetzige Stellung im Kriegsministerium.

Holland.

Sie wissen wohl, daß ich dem Sohne nur alte Dankes=pflichten gegen den edlen Vater, meinen theuren Freund und Hauskaplan, abtrage, dessen Gaben Sie geerbt haben. Warum folgte Ihr Vater meiner Einladung heute nicht?

Francis.

Sie wissen, Mylord, mein Vater ist sehr geradezu. Aufrichtigkeit betrachtet er als die erste Tugend des Christen, des Geistlichen. Mag sein, daß nicht alle seine Herren Amtsbrüder so denken. Er aber hätte, w e n n er erschienen wäre, sich offen aussprechen müssen, über eine gewisse Ein=ladung, die Eure Herrlichkeit haben ergehen lassen.

Holland.

Das — könnte man beinahe stark nennen, Francis.

Francis (unschuldig).

Ja, das meinte mein Vater auch, Mylord, und des=
halb blieb er weg. Mich zwang aber nur die Aufrichtig=
keit, die ich von meinem Vater geerbt habe, auf Ihre
Fragen zu antworten.

Holland.

Welche Einladung verdrießt Ihren Vater?

Francis.

Mögen Eure Lordschaft das von ihm selbst erfragen.
Er wird es Ihnen gewiß nicht vorenthalten. Er liebt
es, wie alle seine Herren Amtsbrüder, solche stille Herzens=
sachen sich für die Kanzel aufzusparen; da können wir
ihnen ja nicht widersprechen und sie haben eine Stunde
lang eine Servitut auf unsere Ohren.

Holland.

Boshaft können Sie auch sein?

Francis (unschuldig).

War das boshaft, Mylord?

Holland.

Nun, Francis, reden Sie doch. Welche Einladung
choquirt Ihren Vater?

Francis.

Die von Miß Nancy Parsons, Mylord.

Holland.

Und weshalb? Weil sie die Geliebte des Herzogs von
Grafton ist?

Francis.

Vermuthlich. Wenigstens bezeichnete mein Herr Vater
dieses Verhältniß mit einem Worte von biblischer Urkraft.

2

Holland.

Da ist Ihr Herr Vater strenger als der sittenstrenge König. Der König hatte kein Wort des Tadels, als neulich der Herzog von Grafton mit Miß Parsons am Arm in Gegenwart der Königin im Theater erschien. (⁹)

Francis.

Aber die Königin verließ ihre Loge —

Holland.

London murrt zwar, daß Miß Parsons im Hause des Herzogs die Honneurs macht. Aber die große Welt geht doch hin. Die Sitten der oberen Zehntausend lassen sich eben nicht mit dem Maßstab des Kleinbürgers messen.

Francis.

Warum nicht, Mylord? Wir sind von demselben Fleisch und Blut wie die oberen Zehntausend.

Holland.

Ihr nehmt die Dinge zu ernst, Francis. Folgt doch dem Beispiel Eures Freundes, des ehrwürdigen Predigers Philipp Rosenhagen. (¹⁰)

Francis (entrüstet).

Rosenhagen war mein Mitschüler in der St. Pauls-Schule, mein Freund niemals.

Holland.

Gleichviel. Folgen Sie seinem Beispiel. Er weiß die Sitten der großen Welt mit der Bibel recht hübsch in Einklang zu bringen. Und vor einer Stunde traf ich ihn sogar in einem zärtlichen Gespräche mit Miß Parsons. Ein sehr talentvoller Mann, Francis.

Francis.

Wenigstens sehr strebsam. Diese Lehre geben Sie mir aber nicht im Ernst, Mylord?

Sechste Scene.

Vorige. Diener (durch die Mitte).

Diener.

Die Herren Minister lassen Eure Herrlichkeit in den großen Saal bitten. (Ab.)

Holland.

Wir reden weiter darüber, Francis. Auf Wiedersehen.

(Durch die Mitte ab.)

Siebente Scene.

Francis. Nancy Parsons (tritt durch die Thüre links).

Francis
(hat sich wieder der Betrachtung der Gemälde hingegeben).

Nancy Parsons.

Ich suche den Herzog von Grafton im ganzen Hause vergebens.

Francis
(wendet den Kopf nach ihr, beim Laut ihrer Stimme).

Francis (leise).

Mein Gott, wäre ihre Seele doch so rein und unver= ändert geblieben, wie ihre Stimme!

Nancy
(hat Francis erkannt, zuerst für sich).

Das muß Philipp Francis sein, wenn mich nicht Alles täuscht. (Auf ihn zutretend, frei, doch anmuthig, schmeichelnd: laut.) Wie viele Jahre habe ich Sie nicht gesehen, Francis! Sie

2*

sind ein vollendeter Gentleman geworden. (Blickt ihn verliebt an.) Hübsch waren Sie immer. Aber Ihr Gesicht hat bedeutend an Ausdruck gewonnen — es ist geistvoll, lebendig, wenn auch ein bischen finsterer als früher, als Sie mich Nancy nannten. Sie müssen viel gedacht haben, Francis?

Francis.

Das thue ich bisweilen noch, Miß Parsons.

Nancy (muthwillig).

Nun was denken Sie z. B. über mein jetziges Aussehen? (Ihr Blick gleitet über ihre reiche, geschmackvolle Toilette und haftet dann wieder an seinem blitzenden Auge.)

Francis.

Ich schmeichle nicht gern.

Nancy.

O, wir können von dieser Gabe rechte große Portionen vertragen.

Francis.

Ebenso ungern aber sage ich einer Dame Unliebenswürdigkeiten.

Nancy (lustig).

Könnte Ihnen mein Aussehen hierzu Veranlassung geben?

Francis.

Ihr Aussehen, nein. Aber das Urtheil über einen Menschen ist von mir nicht stückweise zu beziehen. Ich gebe es nur im Ganzen ab.

Nancy (noch lustiger).

Hahaha, das ist ja köstlich, Mr. Francis. Sie sind der drolligste Philister geworden, der mir je vorgekommen ist. Früher haben Sie das Urtheilen über Andere nicht

im Großen betrieben, sondern auch im kleinsten Detail
ausgewogen. Erinnern Sie sich nicht bestimmter Gedichte,
die unter dem Titel: „Ihre Augen", „Ihr Mund",
„Ihr Fuß" mich immer stückweise besungen haben?

Francis.

Die Thorheiten des Jünglings sollten den Mann nie
hindern, vernünftig zu werden.

Nancy (mit komischer Wichtigkeit).

Puh, dieser Ernst wird immer schauerlicher. Er spricht
nur noch in Sentenzen. Alle drei Worte ein Gedanke.
Wenn Sie schwarz gingen, könnte man Sie für Hamlet
halten. Sie sind wohl sehr unglücklich, Philipp Francis?

Francis.

Nein, durchaus nicht.

Nancy.

Aber wahrscheinlich verheirathet?

Francis.

Verheirathet.

Nancy.

Unglücklich?

Francis.

Glücklich.

Nancy.

Kinderlos?

Francis.

Vater zweier hoffnungsvollen Kinder.

Nancy.

Und auch noch jung?

Francis.

Hm — ich gehe tief in die Neunundzwanzig, Miß
Parsons.

Nancy.

Und haben ein gutes Gehalt?

Francis.

Vierhundert Pfund.

Nancy.

Monatlich?

Francis.

Jährlich. Es genügt zum Leben. (Schneidend.) Und
Sie, Miß Parsons?

Nancy (leicht).

So viel ich will. — (Ernster.) Was runzeln Sie wieder die
Stirn so grimmig, Francis? Woher kommt dieser Schatten
in Ihrem Gesicht, da Sie doch nach Ihren Begriffen so
glücklich sind? Darf ich ihn deuten? Erinnert Sie mein
Anblick an die Zeit, da Sie als junger Geheimsekretär
Lord Holland's meinen Spuren folgten, an unsere harm-
losen Wanderungen im Grünen? Haben Sie je Schmerz
empfunden, Francis, daß Nancy nicht die Ihre wurde?

Francis.

Was frommt Ihnen die Antwort auf diese Frage —
in — in Ihrer jetzigen Stellung?

Nancy
(beide Hände an ihr Herz pressend).

„In Ihrer jetzigen Stellung" — das war hart, Francis, — ich will aber dennoch eine Antwort.

Francis.

Sie wollen sie?

Nancy.

Ja, aber wahrheitsgetreu.

Francis.

Gut. Ich kann nur antworten: der Kampf der Besten dreht sich das Leben lang nur um die Frage, zwischen zwei Uebeln das kleinere zu wählen.

Nancy.

Wie soll ich das verstehen?

Francis.

Der Verlust unserer ersten Liebe kann uns schmerzen — aber —

Nancy.

Kann uns schmerzen — aber dieser Verlust ist das kleinere Uebel, nicht wahr, gegenüber dem größern, die erste Liebe heimzuführen? O ich verstehe Sie jetzt vollkommen, Sie boshafter Mensch!

Francis.

Sie verstehen mich vollkommen, Miß Parsons. Aber ich bitte hinzusetzen zu dürfen, daß auch jener mögliche Schmerz über das Scheitern der ersten Liebe später einer anderen Empfindung weicht. Es ist die Eigenthümlichkeit der Jugend, Alles tragisch zu nehmen. Ein reiferes Alter erst gewinnt den weltüberwindenden Standpunkt des Humors.

Nancy.

Vielleicht ist mir zu hoch, was Sie sagen. Aber was ich davon verstehe, durchbohrt mein Herz. Wenn Sie Hohn und Zweifel damit ausdrücken wollen, Francis, daß meine Neigung zu Ihnen einst tief und rein gewesen, so thun Sie mir Unrecht.

Francis.

Ich zweifle daran nicht, Miß Parsons, ebenso wenig aber daran, daß sich Ihre späteren Neigungen an Reinheit und Tiefe nicht mit jener messen können.

Nancy.

Ich verstehe Sie, Francis. Sie verachten mich wegen — meiner Beziehungen zum Herzog von Grafton. Ich beschönige nichts. Aber in einem Lande, wo die Krone und die Minister durch Bestechung regieren, wo fast jeder Staatsmann und Abgeordnete käuflich ist, wo der oberste Richter feiles Recht spricht, da sollten Sie wenigstens milde urtheilen, wenn ein schwaches Weib unterliegt in dem heißen Verlangen nach einem Antheil an den edleren Genüssen und Freuden dieser leichtsinnigen Zeit!

Francis.

Ich bin nicht Ihr Richter, Nancy, der wohnt dort oben! (Zum Himmel deutend.) Aber wenn Sie auch nur bis zum Hause des Königs Ihren Blick aufwärts richten, so treffen Sie ein Spiegelbild reiner Sitten.

Nancy.

Zum Hause des Königs, ja. Aber nicht außerhalb seiner eigenen vier Wände, Francis. (Dicht an seinem Ohr.) Ich vertraue Ihnen ein tiefes, selbst dem König unbekanntes Geheimniß an, Francis, das Ihnen so heilig sein muß, wie das Geheimniß, das einst zwischen uns Beiden waltete: die beiden Brüder des Königs sind insgeheim mit entführten Frauen verheirathet. (¹¹)

Francis (auf's Höchste betroffen).

Das ist unmöglich! —

Nancy.

Es ist Thatsache. (Ganz dicht an Francis' Ohr.) Die Frau des Einen ist die Schwester des Obersten Lutrell, den die Regierung im nächsten Wahlgang gegen Wilkes aufstellen will. Die Frau des Andern —

Achte Scene.

Vorige. Philipp Rosenhagen.

Rosenhagen
(erstaunt auf die Gruppe blickend, laut).

Ei sieh da! Geht der Teufel wieder um wie ein brüllender Löwe und siehet, wen er verschlinge? (Für sich.) Wer ist denn wohl der neue Seladon, den sie jetzt beglückt? (Tritt näher.) Wahrhaftig, mein alter Schulkamerad, Francis. (Laut.) Ei, ei, da reckt sich ja des Satans fürchterliche Kralle recht sichtbarlich zu Tage. — Mr. Francis ist ein Ehemann, Miß Parsons.

Nancy
(ärgerlich über die Unterbrechung, kurz).

Das weiß ich sehr wohl.

Rosenhagen.

Meint Ihr, weil ich ein geistlich Kleid trage, ich verstehe mich nicht auf das Flüstern verbotener Liebe?

Francis.

Niemand traut Eurer Ehrwürden solche Unkenntniß zu.

Nancy (lacht).

Rosenhagen (erbittert).

Ihr habt Euch leider nicht gebessert, Francis. Immer noch führt Ihr eine Rede wie ehedem; eine Rede, von der die Schrift sagt: „Sie gehet ein, wie Oel, aber sie beißet als ein Otter." Da ich Euch Beide so verstockt finde, so werde ich (zu Nancy) dem Herzog von Grafton Meldung machen von dem, was ich hier gesehen — und (zu Francis) später auch Mrs. Francis, Ihre Gattin, aufrichten in ihrer Trübsal.

Nancy (lacht).

Francis.

Wird meiner Frau sehr erheiternd sein, Rosenhagen. Aber dem Herzog werdet Ihr jetzt recht ungelegen kommen.

Rosenhagen.

Das kommt auf einen Versuch an.

Francis.

Er ist jetzt bei der Waisenpflege beschäftigt.

Rosenhagen.

Wie soll ich das verstehen?

Francis.

Eine Waise ist ein Kind, das keine Eltern mehr hat.

Rosenhagen.

Natürlich.

Francis.

Ist das verwaiste Kind ein Knabe, so heißt es Waisen=knabe.

Rosenhagen.

Kindisch!

Francis.

Ein Waisenknabe wird auf öffentliche Fürsorge durch Andere erzogen, die ihm die Eltern zu ersetzen bestrebt sind.

Rosenhagen (will gehen).

Foppt einen Andern! (Bleibt wieder stehen, als Francis spricht.)

Francis.

Man kann aber auch einen Neuling im Parlament, der von der Mutter Natur und dem Vater Verstand ganz un=bemittelt in der weiten Welt zurückgelassen worden ist, einen parlamentarischen Waisenknaben nennen. Auch er ist erziehungsbedürftig, wenn er der Regierung, der er seine Wahl dankte, nützlich sein soll. Mit dieser Art von Waisenpflege beschäftigt sich jetzt der Herr Herzog von Grafton.

Nancy (sehr heiter).

Nennen Sie das nun n o ch kindisch, Herr Hofprediger? (Kokett, nahe bei Rosenhagen.) Eigentlich verdienen Sie keine Erklärung über das, was zwischen Mr. Francis und mir verhandelt wurde. Aber —

Rosenhagen (sehr neugierig).

Aber —

Francis (beunruhigt, leise zu Nancy).

Miß Parsons, ich hoffe, Sie verrathen Nichts, sonst werde ich auch Alles sagen, was ich von Ihnen gehört habe.

Nancy (leise zu Francis).

Seien Sie unbesorgt. (Laut zu Rosenhagen, in komischer Nachahmung seiner Salbung.) Aber weil ich weiß, wie bös der Teufel der Neugier in Euch gefahren ist und Euch zwicket und placket — so höret denn: ich warb um Mr. Francis' Gunst —

Rosenhagen.

Das waget Ihr zu gestehen? —

Nancy (lachend).

Um Mr. Francis' Gunst für Euren „Christlichen Club" (¹²), Ehrwürden.

Francis (bei Seite).

Ei kann die lügen! Ich lasse mich aufzehren, wenn ich je ein Wort von diesem Club gehört habe.

Nancy (immer schalkhaft nach Francis blickend).

Mr. Francis war entzückt von dem Gedanken dieses Clubs.

Francis (bei Seite).

Sie rudert mich immer tiefer hinein.

Rosenhagen (geschmeichelt zu Francis).

Das bringt uns ja wesentlich näher, alter Kamerad.

Francis.

Hm — ja — indessen — (leise zu Nancy) Sie sind eine Teufelin!

Nancy (zu Rosenhagen).

Ja, die nähere Ueberlegung behielt sich Mr. Francis noch vor.

Rosenhagen.

Aber der Gedanke ist doch großartig, nicht wahr? Man fordert alle christlich-gläubigen Brüder und Schwestern auf, Eine Gemeinde zu bilden um den irdischen Vertreter unsres Heilandes und seiner Apostel, um Se. Majestät den König und seine Minister, nach dem einfachen Muster der ersten christlichen Urgemeinde zu Jerusalem; man fordert von allen Gliedern der Gemeinde den Zehnten, wie zu den Zeiten der christlichen Urväter, und man verwendet dann diese Gelder zur Gewinnung, Heranbildung und Belohnung gesinnungstreuer Abgeordneter und zur gleichmäßigen Vertheilung an die christlichen Brüder und Schwestern, welche deren Wahl zu Stande brachten.

Francis.

Redet doch deutlicher, Rosenhagen. Die Beiträge der Schwestern und Brüder des „Christlichen Clubs“ sollen verwendet werden zur Erkaufung von Parlamentssitzen und von Stimmen im Parlament; zur Wahlbestechung und zur Bestechung der Abgeordneten —

Rosenhagen.

So werden die Bösen, in der Zeitung und beim Pöbel,

davon reden. Wir nennen es „Christlicher Club". Kommt,
Schwester Parsons. Er muß noch darüber nachdenken.

Nancy (den Arm Rosenhagens nehmend).

Gehen wir. (Schalkhaft zu Francis.) Lassen wir ihm Zeit,
sich mit dem „großartigen Gedanken" Eurer Ehrwürden
vertraut zu machen! Auf Wiedersehen!

Rosenhagen (im Gehen).

Ihn wiederzusehen brauchen Sie nicht, Miß Parsons.
Ich werde ihn schon allein bearbeiten.

Francis (verwirrt).

Ich finde das Wort nicht für diesen Grad von Heuchelei
und Niedertracht! (Er will Rosenhagen und Nancy nacheilen, die
gegen einander schön thuend, in der Mittelthür Calcraft begegnen.)
(Rosenhagen und Nancy ab.)

Neunte Scene.

Francis. Calcraft.

Calcraft (sarkastisch).

Sie hatten recht angenehme Gesellschaft, Francis.
(Er sinkt in einen Stuhl.)

Francis.

Die Ihrige ist mir angenehmer.

Calcraft.

Freut mich — ich habe Sie gesucht. Ich muß Ihnen
eine höchst wichtige Angelegenheit vertrauen. Ich weiß,
daß es kein treueres Herz für unsere Sache in England
giebt, als das Ihre.

Francis (verbeugt sich).

Calcraft.

Lord Chatam, der einzige große Staatsmann Englands, denkt ebenso von Ihnen.

Francis.

Legen Sie ihm meinen Dank zu Füßen, Mr. Calcraft.

Calcraft.

Er weiß, warum er es thut. Wenn jemals seine ge=
heimen Papiere veröffentlicht werden, so wird die Welt
staunen zu erfahren, daß die besten seiner Reden und
Staatsdepeschen von Ihnen verfaßt waren, Francis (¹³),
in einem Alter, in dem unsere goldene Jugend nur an
Hunde, Pferde und Frauen denkt.

Francis (ängstlich umherblickend).

Niemand darf wissen, daß wir eine leise Unterredung
über politische Dinge mit einander führen. Ist es nicht
besser, Sir, ich besuche Sie zu Hause?

Calcraft.

Nein, Francis, Grafton wird von heute an mein Haus
mit Spionen umstellen. Jeder meiner Schritte wird be=
lauscht und berichtet werden. Hier, in der Höhle des
Löwen, sind wir immer noch am sichersten. Was ich zu
sagen habe, muß gleich gesagt werden, denn Grafton wird
dafür sorgen, daß ich dieses Haus nicht mehr betreten
darf, und an öffentlichen Orten müssen wir uns fortan
völlig fremd sein, Francis.

Francis.

So lassen Sie hören. — (Späht umher.) Wir betrachten
scheinbar die Gemälde Lord Holland's. Dort — (nach rechts
deutend) — hängen die besten und zahlreichsten. Dort sind
wir rasch Eintretenden verborgen. (Sie treten vor den Rund-

divan rechts in den Vordergrund.) So — stört uns nun Jemand, so müssen Sie irgend ein Bild loben.

Calcraft.

Ich will es einmal probeweise thun. O, dieser wunder= volle Murillo! Dieses Halbdunkel. Sehen Sie!

Francis.

Sie meinen den Rembrandt hier —

Calcraft.

Und hier dieses schöne Schlachtenbild mit dem Schimmel von Rafael!

Francis.

Sie wollen sagen, von Wouverman, Sir.

Calcraft.

Das kommt schließlich auf Eins heraus.

Francis.

Für Sie, ja. Aber es besitzen nicht Viele so expo= nirte Kunstkenntnisse wie Sie; und Viele, Mr. Calcraft, könnten sich durch den Reiz der Neuheit in Ihren werthen Kunstbetrachtungen angezogen fühlen, wenn Sie zu laut reden.

Calcraft.

Sie führen ein böses Mundwerk, Francis. Aber das hat auch sein Gutes für uns. Sie werden gleich hören.

Francis.

Ich bin sehr begierig.

Calcraft.

Sie sind unten fertig geworden, Francis.

Francis.

Wo? Wer?

Calcraft.

Unten im großen Saal, mit der Waisenpflege.

Francis.

Das konnte ich mir denken.

Calcraft.

Ich, offen gestanden, nicht. Es waren doch an die vierzig Abgeordnete schwankend. Viele hatte ich vorher stutzig gemacht. Ich glaubte nicht, daß so wenig Ehr= gefühl auf der einen, so viel Bestechungsmittel auf der andern Seite vorhanden sein würden. Ich sage Ihnen, es ist einfach Alles gewährt worden, was als Gegenleistung für eine Stimme gegen Wilkes gefordert wurde.

Francis.

Außer dem Preis, den S i e von Grafton forderten.

Calcraft (bitter).

D e r nicht, Francis. Der allein nicht, der dem Land Wucherzinsen einbrachte, indem er uns den großen Pitt als Minister wiedergegeben hätte. — Aber sonst alle andern Preise: Orden, Titel und Adelsverleihungen, Pensionen, vortheilhafte Contracte auf Lieferungsgeschäfte für den Staat, Betheiligung Einzelner an Staatslotterien, kurz jede denkbare Art von Bestechung.

Francis (unschuldig).

Grafton thut aber eigentlich nie absichtlich Unrecht, Sir, sondern unser Unglück ist, daß e r n i e a u s V e r= s e h e n r e c h t t h u t.

Calcraft.

Das ist der ganze Wicht in einem Wort, Francis, Dank dafür! (Schwer aufathmend.) Wir werden also Wilkes aus dem Parlament ausgestoßen sehen. Wir werden den Obersten Lutrell statt seiner für gewählt erklären hören, wenn Wilkes wieder gewählt wird. Derselbe Kunstgriff kann gegen jeden mißliebigen Abgeordneten in Scene gesetzt werden. (Sehr laut und zornig.) Dann wird die Opposition des Parlaments einfach mit Knütteln todtgeschlagen! — Sie sehen, Francis, wie geschäftig und rücksichtslos sie auf allen Seiten ihre Zwecke verfolgen. Uns ist bald nicht e i n e Gelegenheit mehr gegeben, unserm Herzen vor dem Volke Luft zu machen.

Francis.

Das Parlament, so lange wir darin noch einen Mann haben.

Calcraft.

Ja, wenn Reden Thaten wären!

Francis.

Wir haben die Presse.

Calcraft.

Die Presse — daß Gott erbarm'. Die Presse ist ge= knebelt und gefesselt.

Francis.

Sie sehen zu schwarz.

Calcraft.

Welches Blatt und welcher Verleger würde es denn wagen, die Leiden unseres Landes wahrheitsgetreu zu schildern? Die Feinde der Freiheit mit Namen zu nennen, und sie zu verfolgen, bis sie unter der Last ihrer Schmach erliegen? Kennen Sie ein solches Blatt, einen solchen Verleger, Francis?

3

Francis (fest).

Ja, den „Public Advertiser" und dessen Besitzer Woodfall.

Calcraft.

Sie sprechen mit solcher Zuversicht? Kennen Sie den Mann genau?

Francis.

Ja, er war mein Schulkamerad. ([14])

Calcraft.

Da sind ja merkwürdig verschiedene Geschöpfe aus der=selben Brutstätte gekrochen. Sie — Rosenhagen — Woodfall!

Francis.

Woodfall hat sich nie gebeugt und wird sich nie beugen.

Calcraft (groß).

Francis, der Mann könnte die Freiheit Englands retten, wenn er ist, wie Sie sagen.

Francis (bestimmt).

Er ist so, Sir.

Calcraft.

Weiß er, daß Sie Noten und Reden für Lord Chatam schrieben?

Francis.

Nein, das weiß Niemand außer Ihnen und Lord Chatam.

Calcraft.

Auch nicht Ihre Gattin?

Francis.

Auch diese nicht.

Calcraft.

Gut. Wir brauchen aber noch einen Mann zur Rettung des Landes — und der ist schwerer zu finden, Francis.

Francis.

Was für eine Art von Mann, Sir?

Calcraft (Francis scharf anblickend).

Den Mann, der die Briefe an Woodfall
und den „Public Advertiser" schriebe, welche
die Freiheit Englands retten sollen.

Francis.

Er würde nach dem ersten Brief das Schicksal von
Wilkes theilen, Sir.

Calcraft.

Wenn er sich mit seinem wahren Namen nennen würde,
wie Wilkes, gewiß. Aber er muß mit geschlossenem Visir
auf den Kampfplatz treten, Freunden und Feinden gleich
unbekannt. Sein Geheimniß darf nie verrathen werden,
auch nicht von ihm selbst. Nicht seiner Frau — wenn
er eine hätte. Nicht an Woodfall. Nicht einmal an mich.

Francis.

Diese drei würden ihn nicht verrathen.

Calcraft.

Nicht aus Furcht vor Entdeckung allein. Nur ein
unpersönliches Wesen, ein Gespenst, ein Dämon, das
Niemand kennt und das doch seinerseits in die tiefsten und
wichtigsten Geheimnisse des Staates eingeweiht ist, kann
jene Wirkung üben, die ich von diesen Briefen verlange,
wenn sie uns retten sollen.

Francis.

Das ist groß gedacht! —

Calcraft.

Der Mann, der diese Briefe schreibt, Francis, wird
unsterblichen Ruhm erringen. Aber er muß das schwerste

Gelübde ablegen und halten, das ein Mensch darbringen kann. Er darf diesen unsterblichen Ruhm, so lange er lebt, nie für sich fordern. Ja, er muß sein Geheimniß mit sich in's Grab nehmen.

Francis (sinnend).

Er muß sich begnügen mit dem Bewußtsein, d a ß d e r S c h a t t e n s e i n e s N a m e n s b l e i b t, wie Lukan sagt, Stat nominis umbra. (Mit blitzendem Auge.) Kennen Sie einen Mann, der dieser Aufgabe gewachsen wäre, Sir?

Calcraft (Francis scharf anblickend).

Ja, ich denke, ich kenne Einen; aber auch nur E i n e n, Francis.

Francis (bewegt).

Sein Name?

Calcraft.

Sein Name — d e r N a m e, den er vor der Welt trägt, verschwindet in dem Augenblicke, wo er sich für die höchsten Güter seines Volkes in den Kampf stürzt. Der Name, den er in d i e s e m heiligen Kampfe zu führen hat, muß der Name jenes edeln Römers sein, der sein Theuerstes hingab für sein Vaterland: er muß J u n i u s heißen!

Francis (sinnend).

J u n i u s — das ist ein stolzer, edler Name.

Calcraft
(nachdem er Francis abermals scharf angeblickt).

Junius wird nie irdischen Lohn für seine Briefe be=anspruchen oder annehmen, selbst wenn sie dem Verleger Millionen brächten und der Verleger mit ihm theilen wollte.

— 37 —

Francis.

Ein kleines Opfer gegenüber dem andern, auf seinen Ruhm zu verzichten.

Calcraft (Francis lächelnd anblickend).

Das denke ich auch, Francis. (Ernster.) Der Mann, den ich meine, besitzt die Fähigkeit, auf Jahre hinaus die öffentliche Meinung Englands mit magischer Gewalt zu fesseln. Er ist in gleichem Maße dem ruhigen getragenen Tone der Ueberzeugung, wie dem Aufschrei patriotischen Schmerzes und der Leidenschaft eines ungeheuren Hasses gewachsen.

Francis (vor sich hinstarrend).

Wie groß und schwer ist diese Aufgabe!

Calcraft (fast scherzend).

Der Mann, den ich meine, müßte irgend eine un=bedeutende Stellung in irgend einem Ministerium, z. B. dem des Kriegs, bekleiden — müßte aber aus früheren amtlichen Stellungen auch genaue Kenntniß der aus=wärtigen Angelegenheiten haben — etwa wie Sie, Francis. Er würde gut thun, freundliche Beziehungen zu Lord Holland zu unterhalten, um in dessen Hause über Hof und Minister alles Neue zuverlässig zu erfahren — etwa wie Sie, Francis. (Blinzelnd.) Er würde zu dem=selben Zwecke selbst den Verkehr mit Freundinnen von Ministern nicht ganz von der Hand weisen dürfen — wie Sie, Francis. Von mir und Lord Chatam würde er über das Parlament, die Stimmung und Vorgänge der Hauptstadt stets die sichersten Mittheilungen erhalten.

Francis.

Der Plan ist genial gedacht. Er kommt aus Chatam's Haupt!

Calcraft (lächelnd).

Möglich! (Mit großem Nachdruck.) Wollen Sie sich Mühe geben, Francis, den Junius zu finden?

Francis
(in großer Bewegung, dann plötzlich die Hand Calcraft's fassend).

Ich will es.

(Der Vorhang fällt rasch.)

II. Akt.

(Zeit: April 1769.)

Scene: Arbeitszimmer bei Francis. Einfach bürgerlich, aber geschmackvoll. Thüren links und in der Mitte. Rechts vorn ein Fenster. An diesem ein Schreibpult, davor ein Schreibsessel. Der übrige Theil dieser Wand ist durch Bücherschränke eingenommen. Tisch. Stühle. Neben der Thüre links ein Kleiderschrank.

Erste Scene.

Francis.

(Allein. In Hauskleidung, westenähnliches Jaquet mit Taille und Schooß, Kniehosen, Strümpfe, Schnallenschuhe, Haarbeutel, wie im 1. Akt. Sitzt auf dem Schreibsessel, eine Gänsefeder in der Hand. Eine Lampe brennt auf dem Pult. Sie erleuchtet allein das Gemach.)

Francis (sinnend).

Da liegt nun abermals ein Juniusbrief bis auf die letzte Feile vollendet vor mir. Alles Volk jubelt ihnen zu. Von nichts Anderem ist die Rede, wohin ich auch komme, auf den Straßen, bei Lord Holland, in den Café's, selbst unten in meinem trauten Heim. (Schreitet aufgeregt im Zimmer einher.) Und Keiner von Allen, die Junius bewundern, hat eine Ahnung davon, wie schwer der Verfasser unter seiner Arbeit leidet. Meine theure Frau beargwöhnt mein heimliches räthselhaftes Schaffen während der stillen Abende, die sonst ihr gehörten, meine verstohlenen nächtlichen Gänge zu Woodfall's Druckerei. Und meine Lippen dürfen ihr das Räthsel niemals lösen! Der

schöne Frieden meines Hauses ist erschüttert. — (Sinnend.)
Und noch ein Anderes quält mich. Vor acht Jahren sah
ich in Paris auf dem Grèveplatz auf Befehl des franzö-
sischen Königs die Schriften der jesuitischen Moralisten
durch Henkershand verbrennen. Es war ein Geruch, der
Teufel befriedigen konnte, als der garstige Qualm zum
Himmel wirbelte. Aber bin ich denn besser als sie, da
ich als Beamter Staatsgeheimnisse für Junius plündere
und als Schützling Lord Holland's in dessen Haus um-
herschleiche, um Junius Stoff zu liefern? Heiligt m e i n
hoher Zweck m e i n e Mittel? Wenn ich nur einem einzigen Sterblichen von meiner Herzensnoth Kunde geben
könnte!

Zweite Scene.
Francis. Dienstmädchen.

Dienstmädchen.
Herr Edmund Burke, Mitglied des Parlaments, bittet
sogleich vorgelassen zu werden.

Francis.
Er ist willkommen.
(Dienstmädchen ab.)

Dritte Scene.
Francis (allein).

Francis.
Rasch den Junius versteckt! (Er schließt die auf dem Pulte
liegenden Papiere in dasselbe ein. Das häufige Verstecken und Wiederhervor-
holen des Manuscripts in den folgenden Scenen muß mit humoristischem
Effekt studirt werden.) Edmund Burke! Das treue Gewissen
des englischen Unterhauses! Wie freue ich mich, ihn zu

sprechen, da ich nicht wagte, ihm in das klare Auge zu sehen, seit Junius schreibt!

Vierte Scene.
Francis. Burke.

Burke (eintretend).

Ich bitte herzlich um Entschuldigung, lieber Francis, daß ich Sie zu so später Stunde störe. Aber ich thue es im Dienste des Vaterlandes. In wenig Tagen kommt der Streit unseres Kabinets mit unsern nordamerikanischen Kolonien im Parlament zur Verhandlung. Eine kurze, streng den Akten entnommene Uebersicht über die Streit=punkte wäre mir hochwillkommen. Wollen Sie sich dieser Mühe unterziehen, Francis?

Francis.

Wenn Ihnen mit nur Bekanntem gedient ist, gern. Aber bitte, nehmen Sie Platz, Sie sind ein so seltener Gast.
(Sie setzen sich an den Tisch, links vorn.)

Burke.

In der That, wir haben uns eine Ewigkeit nicht ge=sehen. Aber was wollen heutzutage Ewigkeiten bedeuten, wenn an einem Tage Grundgesetze mit Füßen getreten werden, die für die Ewigkeit gegeben schienen? Wilkes ist, wie Sie wissen, aus dem Parlament ausgestoßen und Oberst Lutrell an seiner Stelle für gewählt erklärt, ob=wohl London für ihn nur 200, für Wilkes 1200 Stimmen abgab. [15]

Francis.

Man hätte das bisher in England nicht für möglich gehalten.

Burke (bitter).

Heutzutage ist Alles möglich. Aber nicht für lange Zeit. Denn wir haben, Gott sei Dank, einen Junius.

Francis
(zusammenfahrend, dann scheinbar gleichgültig).

Junius — was soll der in so schweren Fällen helfen?

Burke.

Lesen Sie Junius überhaupt, Francis?

Francis (gelassen).

O ja, wer thäte das nicht?

Burke.

Nun, Francis, glauben Sie mir: Junius ist schon heute mächtiger als beide Häuser des Par= laments. ([16])

Francis.

Wie wollen Sie das begründen?

Burke.

Das Parlament ist in beiden Häusern bestochen, mit allen menschlichen Gebrechen und Lastern behaftet. Junius dagegen scheint einen Strahl der Gottheit, die Allwissen= heit, für sich empfangen zu haben. In die verborgensten Geheimnisse unserer Großen dringt sein Blick. Er hält ein furchtbares Gericht, Francis. In seinem ersten Briefe schon malte Junius das Ministerium Grafton=North in allen seinen Gliedern in raschen, unheimlich ähnlichen Zügen an die Wand. Seither richtet Junius alle seine Angriffe gegen den Premierminister Herzog von Grafton. Jeder neue Junius enthüllt neue Schandthaten des Her= zogs. Sie werden sehen, Junius wird nicht rasten, bis der Herzog vernichtet ist.

Francis.

Auch in Ihre Seele scheint, was die Absichten des Junius betrifft, ein Strahl von Allwissenheit gefallen zu sein.

Burke.

Dazu gehört wenig Prophetengabe. Junius arbeitet nach ganz festem Plane. Zuerst wird er den grundsatz= und gedankenlosen Wüstling Grafton vernichten, der vermeint, England regieren zu können, und dann —

Francis
(eifrig und mit blitzendem Auge).

Und dann? —

Burke.

Dann Mansfield, den feilen Lordoberrichter; Sie wer= den sehen, Francis.

Francis.

Gebe Gott, daß Sie Recht hätten! Aber könnte die Macht beider Häuser des Parlaments nicht viel rascher und schneller dasselbe Ziel erreichen?

Burke.

Ihre Macht ist zur Zeit gleich null. „Krone oder Parlament" heißt die unselige Parole der Gegenwart, während jeder rechtschaffene Minister seine Ehre darin suchen sollte, Krone und Parlament in einer freudigen, das Land beglückenden Harmonie wirken zu lassen. O Francis, England mit seiner vielhundertjährigen Verfassung steht jetzt tief unter dem absolutistisch regierten Preußen des großen Friedrich. Dort hat der unbeschränkte Herrscher seine Machtsphäre mit einem sittlichen Inhalte erfüllt. Er und sein hochgesinntes Fürstengeschlecht haben sich für die ersten Diener des Staates erklärt. Er hat sein Volk von der Krankheit ererbter Gesetze geheilt und in rastloser und mühevoller Arbeit einen Staat gegründet, der dem Aufbau des zertrümmerten Deutschland zum Grundstein dienen wird. Er hat ein Volk voll Vaterlandsliebe und Staatsbewußtsein erzogen. Aber bei uns nimmt die Regierung Macht, Einsicht, Vaterlandsliebe ohne jede Gegenleistung und Berechtigung allein für sich in Anspruch. Nur die Furcht vor der Stimmung des Volkes hindert die Krone, ohne Parlament zu regieren. Das Volk aber steht begeistert zu Junius, und nicht blos in London.

Francis (naiv).

Wer mag wohl Junius sein?

Burke.

Die Person ist mir gleichgültig, da ich weiß, daß Junius einer der reinsten Menschen, einer der glänzendsten Schriftsteller ist, die je gelebt haben. Er schreibt so ausgezeichnet, daß ich mich jederzeit bereit finden würde, bei ihm Unterricht in meiner Muttersprache zu nehmen. (¹⁷)

Francis.

Das würde Edmund Burke, der große Schriftsteller, nicht öffentlich eingestehen!

Burke.

Oeffentlich, ohne Scham.

Francis.

Aber Eins kann ich Junius nicht vergeben. Er muß sich in einer Stellung befinden oder befunden haben, in der ihm Staatsgeheimnisse zugänglich sind. Ist deren Veröffentlichung nicht sträflicher Verrath?

Burke.

Verrath an dem Staatsgeheimnisse, Francis? Nur die Laster und Fehler unserer höchsten Staatsmänner und Beamten zieht er ans Licht. Sind das Staatsgeheimnisse? Alle Achtung vor Ihrem Talent und Charakter, Francis, aber Junius sollten sie nicht kritisiren!

Francis (verbeugt sich lächelnd).

Burke.

— und bei Ihnen, Francis, würde ich vorläufig auch noch keinen Unterricht in meiner Muttersprache nehmen.

Francis
(verbeugt sich abermals lächelnd).

Diesen Unterricht würde ich auch gar nicht geben können. Wir lernen alle von Burke. Er hat auch mein Urtheil über Junius in die richtige Bahn gelenkt. (Mit Betonung.) Dank dafür. (Händeschütteln.)

Burke (sich erhebend).

Also Sie liefern mir die kurze Uebersicht über den Streit der Krone mit Amerika!

Francis (gleichfalls aufstehend).

Gewiß, morgen. Wollen Sie schon gehen?

Burke.

Sie könnten eigentlich mitkommen, Francis.

Francis.

Wohin?

Burke.

Ich eile in das Café „zum Oranier" gegenüber von Woodfall's Druckerei, um den für heute Abend angekündigten neuen Junius gleich nach der Ausgabe des Blattes zu lesen.

Francis.

Ich habe noch eine dringende Arbeit zu vollenden, die allerdings in wenigen Minuten gethan ist. —

Burke.

Da könnte ich warten.

Francis (ängstlich).

Nein, keinesfalls, Mr. Burke, das geht nicht an. Ich habe dann noch mit meiner Frau zu sprechen — über — über Mancherlei, Mr. Burke. Ich werde im Café zu Ihnen stoßen. Auf Wiedersehen?

Burke.

Auf Wiedersehen!

(Burke ab durch die Thüre links.)

Fünfte Scene.

Francis (allein).

Francis

(noch an der Thüre, auf die verhallenden Schritte lauschend, Burke nachrufend).

Dank Dir, edler Mann, für den Trost, den Du meinem Herzen spendetest. Wenn Du sagst, daß es kein Unrecht sei, die verborgenen Missethaten unserer Großen aus den Schreinen unserer Staatsarchive ans Licht zu ziehen, so kann mein Gewissen sich beruhigen. — (Gegen das Pult zuschreitend.) Nun rasch an die letzte Feile des neuen Briefes, damit ich bald Burke aufsuchen und diesen Brief im Vorbeigehen in Woodfall's Briefkasten werfen kann. (Er öffnet wieder das Pult und legt sein Manuscript auf dasselbe.) So —

(Schreibt. Es klopft an der Mittelthüre.)

Sechste Scene.
Francis. Später **D'Oyly.**

Francis.

Schon wieder Jemand. Rasch den Junius verborgen! (Versteckt das Manuscript wieder in das Pult. Es klopft von Neuem.) Ja doch — herein!

D'Oyly.

Guten Abend, Francis.

Francis (hastig, kurz).

Guten Abend, D'Oyly. Womit kann ich dienen?

D'Oyly
(wirft sich ohne Weiteres in einen der Stühle).

Mit Nichts, Francis; meine Braut Portia Wilkes ist unten bei Deiner Frau. Wir Brautleute sehen uns ja immer in Deinem gastlichen Hause, seit Portia's Vater, John Wilkes, im Gefängniß sitzt und sie daheim allein ist. Deine Frau meinte, es sei recht gut, wenn ich Dich ein wenig von Deiner Arbeit abzöge.

Francis.

Das ist sehr aufmerksam von meiner Frau, D'Oyly.

D'Oyly.

Ja, sie meint, Du arbeitest zu viel, Francis.

Francis.

Meint sie das, die gute Frau? Dir hat das glück= licherweise noch Niemand vorgeworfen, D'Oyly?

D'Oyly.

Nein, Francis. Das wäre auch schlimm. Ich habe mich nicht in das Kriegsamt aufnehmen lassen, um viel zu arbeiten. Ich stamme von —

Francis.

Von Königen ab, wie jeder Irländer, D'Oyly, nicht
wahr? So auch ich, D'Oyly, der ich wie Du in Dublin
das Licht der Welt erblickte. Mein Großvater war der
Dean of Lismore. (¹⁸) Ein König ohne Land und Ver=
mögen, D'Oyly. Und wir Königskinder von der grünen
Insel halten mit echt majestätischem Anstand die Arbeit
für unköniglich, nicht wahr, D'Oyly?

D'Oyly (verdrossen).

Das ist sie auch, Francis. Und ich weiß gar nicht,
was Du immer in unserm Amt zu thun findest. Aber
vollends noch zu Hause zu arbeiten, das halte ich für
langsamen Selbstmord, Francis.

Francis.

Für einen sehr langsamen, D'Oyly, obgleich er aller=
dings sicher zum Tode führt, gerade so sicher wie die
Zurückhaltung von der Arbeit, die mein königlicher Lands=
mann D'Oyly sich auferlegt.

(Geht an sein Pult, nimmt sein Manuscript wieder heraus und
korrigirt darin herum.)

D'Oyly
(starrt vor sich hin und gähnt).

Ich glaube aber, daß man bei meiner Methode älter
wird.

Francis
(immer fortcorrigirend, über die Achsel zu D'Oyly).

Wenn Du nicht Besseres zu thun hast, so könntest Du
eigentlich wieder zu den Damen hinuntergehen.

D'Oyly.

Ich habe aber was Besseres zu thun, Francis. Deine
Frau gab mir den Auftrag, Dich von der Arbeit ab=
zuziehen und zu unterhalten.

Francis.

Das Erste ist Dir mißlungen, D'Oyly. Denn ich arbeite fort, wie Du siehst. (Beugt sich wieder über seine Arbeit.)

D'Oyly
(aufstehend und phlegmatisch im hintern Theile des Zimmers auf- und abgehend).

Das liegt an der mangelhaften Instruction Deiner Frau. Sie sagte mir nicht, womit ich Dich unterhalten soll. (Plötzlich auf Francis zuschreitend.) Was schreibst Du denn da eigentlich, Francis?

Francis
(hat schnell das Manuscript wieder in das Pult geborgen; verlegen).

Dienstdepeschen, D'Oyly.

D'Oyly.

Laß mich doch mal sehen.

Francis.

Geht nicht, D'Oyly. Geheime Depeschen für den Staatssekretär des Kriegs, Lord Barrington.

D'Oyly.

Pah, Lord Barrington hat kein Amtsgeheimniß vor mir.

Francis (vertraulich).

Sobald ich nur halbwegs kann, steck' ich Dir die Depeschen zu, D'Oyly.

D'Oyly.

Ich bin sehr neugierig darauf, Francis.

Francis.

Nun mußt Du mich aber auch allein lassen und meiner Frau klar machen, daß ich fortarbeiten muß. (Holt sein Manuscript wieder aus dem Pulte.)

4

D'Oyly.

Das will ich, Francis. (Wendet sich zum Gehen. In der Thüre begegnet er **Grace** und **Portia**.

Francis (verbirgt sein Manuscript im Pult).

Siebente Scene.

Vorige. Grace. Portia.

Grace (zu D'Oyly).

Nun, D'Oyly, wir warten immer darauf, daß Sie uns Francis hinunterbringen.

Portia (zu D'Oyly).

Du hast gewiß wieder die Hälfte Deines Auftrags ver= gessen? (Sie giebt ihm einen leichten Schlag mit ihrem Fächer.)

D'Oyly.

Vergessen — o nein, Portia; nein, Mrs. Francis, D'Oyly vergißt nie was —

Portia.

Na, na, Harry!

D'Oyly.

Ich konnte ihn nicht hinunterbringen; wir schrieben — Depeschen.

Portia (lachend zu D'Oyly).

Du schriebst Depeschen, Harry?

D'Oyly.

Wir — Francis und ich — wir schrieben Depeschen.

Francis.

Geheime Staatsdepeschen.

D'Oyly (wichtig).

Ganz geheime Staatsdepeschen.

Portia.

Was stand denn darin?

D'Oyly.

Ja, das — das weiß (blickt hilfeflehend nach Francis) —

Francis.

Das dürfen wir nicht verrathen.

D'Oyly (wichtig).

Nein, das dürfen wir nicht verrathen. Ganz geheime Staatsdepeschen.

Grace
(die bisher aufgeregt zurückgestanden, hervortretend).

Wie sollen wir das glauben, Philipp?

Portia (zu D'Oyly).

Wie sollen wir das glauben, Harry?

Francis (bei Seite).

Ein konzentrischer Angriff in vorbereiteter Stellung mit Hinzuziehung aller Reserven.

D'Oyly (bei Seite).

Das verspricht ja recht angenehm zu werden.

Grace.

Sollte seit bald drei Monaten ununterbrochen im Kriegsamt soviel zu thun sein, Philipp, daß Du immer Abends zu Hause arbeiten müßtest?

Portia (zu D'Oyly).

Ja, erkläre uns das einmal, Harry. Was ist denn seit drei Monaten im Kriegsamt passirt, daß Mr. Francis so hart arbeiten muß. Und daß Du sogar heute Abend ihm helfen mußtest?

D'Oyly
(ſich den Schweiß von der Stirne trocknend, leiſe).

Seit drei Monaten ſchreibt Der ſchon geheime Depeſchen für Lord Barrington, ohne mir was zu ſagen. Schänd=lich! Ich verrathe Alles!

Grace (zu Francis).
Du haſt doch gewiß eine Antwort für Deine arme Frau?

Francis (geheimnißvoll).
Soweit ich kann und darf, ja. (Die Damen und D'Oyly drängen ſich neugierig an ihn heran.) Der Grund unſerer rieſigen Thätigkeit ſeit drei Monaten — nicht wahr, D'Oyly?

D'Oyly.
Allerdings —

Francis.
Iſt auch ein tiefes Staatsgeheimniß — nicht wahr, D'Oyly?

D'Oyly (zögernd).
Natürlich!

Grace und **Portia** (enttäuſcht und aufgeregt).
Soll das Alles ſein, was wir erfahren?

Francis.
Viel dürfen wir nicht davon verrathen — nicht wahr, D'Oyly?

D'Oyly (unwillig).
Nun ich denke doch —

Francis.
Ich verſtehe Dich. Du meinſt, Einiges könnte ich immerhin ſagen. Wohlan denn —

Grace und **Portia**
(wieder neugierig bei Francis lauſchend, D'Oyly etwas weiter zurück).

Francis (geheimnißvoll, leise).

Großbritannien ist ein gewaltiges Reich. Es besitzt in gemäßigten und tropischen Himmelsstrichen blühende Län=
der. Seine Einwohner sind theils gebildet, theils weniger gebildet, theils ganz wild — nicht wahr, D'Oyly?

D'Oyly.

Allerdings. Aber —

Francis.

Ganz richtig, D'Oyly, mit diesem „Aber" bringst Du mich auf die Sache.

D'Oyly (bei Seite).

Daran bin ich ganz unschuldig.

Francis (immer im Tone der Offenbarung).

Gebildete, halbgebildete und ganz wilde Menschen ver=
tragen sich nicht immer gut miteinander. Diese Erfahrung macht auch Großbritannien. Bald murren die Indier, bald die Amerikaner, bald die Irländer — nicht wahr, D'Oyly?

D'Oyly (ungewöhnlich lebhaft).

Ja, mit Recht, wenn sie zum Narren gehalten werden.

Francis.

— Das denken sie leider immer. Bald murren auch die Engländer selbst, bald auch eine oder die andere Groß=
macht, die uns beneidet. Und in den letzten drei Monaten hat das nun Alles durcheinander gemurrt — nicht wahr, D'Oyly?

D'Oyly.

Ich habe nicht mehr murren hören als zuvor.

Francis.

Da zeigt sich die Macht der Gewohnheit bei Dir, D'Oyly. Du hast Dir die vorzüglichste Eigenschaft eines Premierministers von England bereits angeeignet: Taub=heit gegen das Murren des Volkes. Aber wir im Kriegs=ministerium sind feinhöriger. Wir haben den Schmerzens=schrei unserer nordamerikanischen Brüder mit Regimentern beantwortet. Wir stehen am Vorabend eines neuen Krieges. Nicht wahr, D'Oyly?

D'Oyly (zögernd).

— Ja wohl. (Bei Seite.) Das hat schon Alles hundert=mal in den Zeitungen gestanden.

Grace (zu Portia).

Wir wollen diese Antwort in Gnaden gelten lassen, Portia. (Schalthaft.) Aber warum muß mein Herr Gemahl (zu Francis), nachdem er die langen Abende geschrieben hat, auch so häufig noch bei Nacht ausgehen?

Portia.

Ei, Ei, Mr. Francis, was hört man da?

D'Oyly (bei Seite).

Das wird immer verdächtiger.

Francis (ernst).

Ist es mir zu verargen, wenn ich nach einem müh=seligen Tage in den letzten Stunden vor Mitternacht noch neue Zeitungen lese, liebe Freunde aufsuche?

Grace.

Du bist doch nicht böse, Philipp, daß ich scherzend einen Verdacht aussprach?

Francis.

Ein gutes Gewissen trägt jeden Verdacht leicht.

Grace.

Du begleitest uns doch, wenn wir Portia nach Hause bringen?

Francis.

Nein, Grace. Ich habe Burke zugesagt. Begleite Du das Brautpaar, D'Oyly wird Dich zurückbringen. Nicht wahr, D'Oyly?

D'Oyly.

Mit Vergnügen. (Leise.) Aber Du vergissest hoffentlich die Depeschen von Lord Barrington nicht?

(Reicht Francis die Hand.)

Francis (leise).

Nein, bewahre. (Handschütteln mit D'Oyly.) Gute Nacht, Miß Portia. Gute Nacht, Grace.

(Küßt Grace auf die Stirn. Alle außer Francis ab durch die Mitte.)

Achte Scene.

Francis (allein.)

Francis
(holt sein Manuscript wieder heraus).

Der Brief ist druckfertig. In einer Stunde wird er in den Händen Woodfall's sein. (Er faltet ihn und steckt ihn zu sich.) Nun die Abendtoilette. (Geht an den Kleiderschrank. Wirft einen hellen längeren Rock über, schnallt den Degen um, setzt den dreieckigen Hut auf.) So. Nun die Lampe ausgelöscht.

(Wie er im Begriff ist, die Lampe zu löschen, erscheint sein **Töchterchen** in der Mittelthür.)

Kind (hinter der Scene).

Papa! Papa!

Francis.

O weh!

Neunte Scene.

Francis. Sein **Töchterchen** (in Nachtkleidung).

Kind.

Papa, willst Du weggehen?

Francis (zärtlich).

Ich dachte so. Willst Du etwas?

Kind.

Ist Mama nicht da?

Francis.

Mama ist ausgegangen. Schlafe doch, mein Herz.

Kind.

Ich kann nicht schlafen, Papa. Ich träumte so schlecht.

Francis.

Man muß gut träumen, May. (Nimmt sie auf den Schooß und in den Arm, indem er sich auf einen Stuhl niederläßt.) Soll ich Dir was erzählen?

Kind.

Ach ja, Papa.

Francis.

Es war einmal ein guter König, der viele schlechte Rathgeber hatte —

Kind (gähnend).

Ach Papa, erzähle mir doch lieber von guten Rath= gebern.

Francis.

Die Rathgeber werden später gut, May.

Kind
(gähnend und halb schlafend).

Ach, das geht mir zu lang, Papa. — Singe mir lieber was. (Sie umschlingt seinen Hals und schläft ein.)

Francis
(überlegt einen Augenblick und improvisirt dann. Singt:)

Sag' es auf Bergeshöhen der Luft,
Sag' es der Rose verwehendem Duft,
Sag' es der Sonne wonnigem Licht —
Aber den Menschen sag' es nicht.

Sag' es dem leise säuselnden Wind,
Sag' es dem lieblich schlummernden Kind,
Sag' es dem Strom, der durch Felsen sich bricht —
Aber den Menschen sag' es nicht.

(Trägt das bereits entschlummerte Kind in das Nebenzimmer, wo er es niederlegt, immer fortsingend —).

Sag' es dem Gotte, der liebend dich hält,
Sag's ihm, dem gütigen Lenker der Welt,
Auch wenn er grollend im Donner dir spricht —
Aber den Menschen sag' es nicht.

(Kommt mit den letzten Worten zurück, noch einen Blick in das Zimmer werfend, wie um sich zu überzeugen, daß May schläft. Dann ergreift er seinen Hut — und den Brief hochhaltend:)

Und nun — Junius — thu' Deine Schuldigkeit.
(Rasch ab.) Auf, zu Woodfall!

(Zwischenvorhang fällt.)

Verwandlung.

Scene: Straße in London. Mondschein. Die beiden hintersten Coulissen rechts und links führen in Seitenstraßen. Im Hintergrunde die Themse mit Schiffen sichtbar. Rechts, mehr gegen den Vordergrund, etwas vorspringend, ein größeres Haus, das in großen Lettern die Firmen: „Woodfall's Druckerei" und „Public Advertiser" trägt. Vor diesem Hause, zu dessen Eingangsthür einige Stufen führen, und vor dem eine Straßenlaterne in einer Kette hängt, haben sich Zeitungsträger und Bürger in einem dichten Haufen gesammelt, der dann und wann durch Drängen und Wogen seine Ungeduld zu erkennen gibt und der die Stufen vor Woodfall's Haus bis

in die verschlossene Eingangsthüre füllt. — Zur Linken im Vordergrunde
ein Kaffeehaus, „Zum Oranier", dessen Fenster erleuchtet sind. Vor diesem
hängt eine Laterne an einem über der Thür des Kaffeehauses angebrachten
Arm. Vor dem Kaffeehaus hat sich eine Anzahl Bürger versammelt.

Zehnte Scene.

Bürger (vor dem Kaffeehause). Später **Francis**.

Erster Bürger (seine Uhr ziehend).

Es ist nun schon über neun Uhr Abends. So lange
hat die Ausgabe der Zeitung noch nie auf sich warten lassen.

Zweiter Bürger (wichtig, achselzuckend).

Hm! Wird wohl seine Gründe haben!

Dritter und vierter Bürger.

Was meint Ihr damit?

Zweiter Bürger.

Hm! Es sollte ja ein neuer Junius erscheinen.

Erster Bürger (aufgeregt und drohend).

Nun, und was meint Ihr über den neuen Junius,
Meister Splittnose?

Zweiter Bürger.

Ich denke, er wird nicht erscheinen.

Alle.

Was? Nicht erscheinen! Warum nicht erscheinen?

Erster Bürger (noch drohender).

Warum nicht erscheinen, Meister Splittnose?

Zweiter Bürger (höhnisch und achselzuckend).

Nun, Meister Woodfall und Junius sind auch Menschen.

Erster Bürger.

Ja, das sind sie, Meister Splittnose, dazu mußtet Ihr
herkommen, um uns das zu sagen. Aber wenn Euch Eure

Gesundheit lieb ist, so sprecht Euch weiter aus, Meister Splittnose. Für was für eine Art von Menschen haltet Ihr Woodfall und Junius, daß Ihr meint, sie werden den neuen Junius nicht erscheinen lassen?

Francis
(tritt auf aus der vorbersten Seitenstraße rechts und kommt näher).

Zweiter Bürger (höhnisch).

Für Menschen wie andere auch.

Erster Bürger.

Versteht Ihr den Meister Splittnose, Mitbürger? Er will sagen, Woodfall und Junius seien auch solche Pfennig= fuchser wie unsre großen Herrn, die sich den Mund mit Gold stopfen lassen. Und deshalb werde kein neuer Junius erscheinen. Das wolltet Ihr doch sagen, Meister Splitt= nose, nicht wahr?

Zweiter Bürger.

So wird es ungefähr sein, Sir.

Erster Bürger.

Ei, Sie traurige Bücklingsseele, Sie! Wollen Sie uns in weniger als gar keiner Zeit von Ihrer Gegenwart befreien!
(Er stößt ihn mit seiner rechten Schulter dem dritten Bürger zu, der ihn weiter schubbt. Alle nehmen eine drohende Haltung an und schubben ihn weiter.)

Zweiter Bürger
(auf dem Wege zur vorbersten Seitenstraße links, erste Coulisse).

Man wird doch seine freie Meinung äußern können?

Erster Bürger.

Gewiß, namentlich darüber, ob man mit einem solchen Menschen zusammen sein will oder nicht.

Zweiter Bürger
(wird rasch in die Coulisse links vor dem Kaffeehause geschoben).

Dritter Bürger (auf Francis zeigend).

Wer ist denn da angekommen?

Erster Bürger (zu Francis).

Sie suchen gewiß das Kaffeehaus zum Oranier, Sir?

Francis.

Nein, lieber Mann, das kenne ich.

Erster Bürger.

Auf was warten Sie denn hier?

Francis.

Vermuthlich auf dasselbe wie Sie.

Erster Bürger.

Was meinen Sie, Sir?

Francis.

Den neuen Junius.

Erster Bürger.

Da gehen Sie doch lieber in den Oranier, Sir. Dort=
hin werden die ersten Exemplare gebracht.

Francis.

Ich ziehe vor, das Blatt hier zu lesen.

Erster Bürger.

Sie finden auch den Abgeordneten Burke im Oranier.

Francis.

Das weiß ich.

Erster Bürger (wie die übrigen, erstaunt).

Das wissen Sie? Wer sind Sie denn eigentlich?

Francis.

Ein Freund von Burke.

Erster Bürger (mißtrauisch).

Ein Freund, der weiß, daß Burke im Oranier sitzt und ihn nicht aufsucht? Das ist doch sehr sonderbar!

(Vor Woodfall's Haus entsteht ein großes Gedränge. Aller Hände strecken sich nach der nun geöffneten Thüre des Hauses, in der Jackson und andere Diener Woodfall's erscheinen und Zeitungsblätter ausgeben. Die bisher vor dem „Oranier" versammelten Bürger eilen nach hinten. Bald haben viele von ihnen die neue Nummer des „Public Advertiser" in Händen. Die Zeitungsträger stürzen mit dem Rufe: „Ein neuer Junius! Ein neuer Junius!" in die verschiedenen Seitenstraßen auseinander, jeder von ihnen ein Paket Zeitungen schwingend. Man hört sie noch eine Zeitlang immer ferner hinter der Scene rufen. Einer von ihnen verschwindet mit Zeitungen im Oranier, nachdem ihm Francis ein Blatt abgenommen.)

Francis
(beobachtet lächelnd die Bürger, die in verschiedenen Gruppen bei Woodfall's Laterne die Köpfe in den Juniusbrief zusammenstecken).

Einzelne Rufe der Bürger.

Das ist der beste Junius, der bisher erschien. Kein gutes Haar läßt er an Sr. Gnaden dem Herzog von Grafton! Es ist köstlich!

Erster Bürger.

Einer von uns muß vorlesen, Kinder. So genießen wir Alle gemeinsam.

Alle.

Vorlesen, vorlesen! Vor dem Oranier. Vor dem Oranier. Da hängt die Laterne tiefer.

(Sie kommen Alle nach vorn.)

Francis (für sich).

Ich werde ihrem Mißtrauen doch lieber aus dem Wege gehen.

(Tritt in das Kaffeehaus. Ab.)

Erster Bürger (ihm nachrufend).

Das war die höchste Zeit, Sir, daß Ihr ginget! Nun Kinder, wer liest denn vor?

Elfte Scene.

Vorige. **Calcraft** (mit einer Nummer des Blattes in der Hand, aus der Coulisse links vorn).

Dritter Bürger.

Da kommt unser Vorleser! John Calcraft, Mitglied des Parlaments. Ein Hurrah für ihn!

Bürger.

Hurrah, Hurrah, Hurrah! für Calcraft.

Calcraft.

Kinder, was soll das bedeuten?

Erster Bürger.

Sie sollen uns den neuen Junius hier vorlesen, Sir. Sie erklärten uns die ersten Briefe so schön, als Sie uns zufällig im Kaffeehaus zur Börse am Strand trafen.

Calcraft (mit Betonung).

Ja, es war ein reiner Zufall.

Alle Bürger.

Bitte, Sir, lesen Sie!

Calcraft.

Wenn Sie wünschen, gerne. (Stellt sich unter die Laterne des Kaffeehauses, das Blatt in der Hand, liest). „An Se. Gnaden den Herzog von Grafton. Mylord,“ — (¹⁹)

Ein Bürger.

Höflich ist Junius immer.

Viele Stimmen.

Ruhig! Weiter! Weiterlesen, Mr. Calcraft.

Calcraft (liest).

„Mylord! Das System, welches Sie angenommen
haben, als Lord Chatam sie unerwartet an der Spitze der
Geschäfte zurückließ, versprach uns nicht diese ungewöhnliche
Kraftäußerung, die seitdem Ihren Charakter verherrlicht
und Ihr Ministerium ausgezeichnet hat" —

Viele Stimmen.

„Ungewöhnliche Kraftäußerung!" Das ist gut, sehr gut.

Andere Stimmen.

Ruhig! Weiter! Weiterlesen, Mr. Calcraft!

Calcraft (liest).

„Wir haben noch nicht vergessen, wie lange es Mr.
Wilkes bei allen Schrecknissen einer über ihn verhängten
Acht erlaubt war, frei und öffentlich zu erscheinen, und
wie lange er sich ungehindert um die Vertretung der Stadt
London bewerben konnte." —

Viele Stimmen.

Nein, wir haben John Wilkes nicht vergessen! Hoch
Wilkes!

Alle.

Hoch Wilkes, hoch! — Weiter! Weiterlesen, Mr.
Calcraft!

Calcraft (liest).

„Ihre Begünstigung des Gegenkandidaten von Wilkes,
Mr. Lutrell, ist mit Erfolg gekrönt worden!" —

Alle (murren, dann Rufe).

Ein netter Erfolg! (Gelächter.) Wird ihnen sauer auf=
stoßen! (Wieder Gelächter.) Weiter! Weiterlesen, Mr. Cal=
craft!

Calcraft.

„Die Nachwelt wird Euer Gnaden verpflichtet sein, daß Sie sich nicht mit einem vorübergehenden Auskunftsmittel begnügten, sondern die unmittelbaren Segnungen Ihres Ministeriums auch auf sie vererbten.“

(Gelächter der Bürger.)

„Jetzt kann j e d e feierlich getroffene Wahl verworfen, und d e r Mann, den die W ä h l e r verabscheuen, durch J h r e Verfügung zu ihrer Vertretung bestellt werden.“

Viele Stimmen.

Ja, das ist sehr nett! Ausgezeichnet! Weiter! Weiter= lesen, Mr. Calcraft!

Calcraft (liest):

„Wenn es möglich ist, daß ein solcher Fall e i n m a l vorkommt, kann er ö f t e r vorkommen, er kann j e d e s m a l vorkommen, und wenn 2 0 0 Stimmen aus irgend einem Grunde mehr als 1 2 0 0 gelten dürfen, so würde derselbe Grund Herrn Lutrell seinen Sitz mit z e h n, ja mit e i n e r Stimme verschafft haben!“ —

Alle.

Wahr, sehr wahr! Nieder mit Lutrell! Hoch Wilkes! Weiter! Weiterlesen, Mr. Calcraft!

Calcraft (liest).

„Die Folgen dieses Angriffs auf die Verfassung sind zu einleuchtend, als daß sie nicht selbst die trägsten Geister beunruhigen sollten. Ich hoffe, Sie werden sehen, daß es dem englischen Volke weder an Muth noch an Ver= stand fehlt!“

Alle.

Weder an Muth noch an Verstand fehlt! Hoch Junius! Hoch! Weiter! Weiterlesen, Mr. Calcraft!

Calcraft (lieſt).

„Fahren Sie fort, Ihren gnädigen Herrn mit falſchen Vorſpiegelungen über die Stimmung und Lage ſeiner Unterthanen zu täuſchen. Aber hoffen Sie nie, daß die Wähler ihre Rechte ſanftmüthig ausliefern!"

Alle.

Nein, hoffen Sie das nie, Herr Herzog! Weiter! Weiterleſen, Mr. Calcraft!

Calcraft (lieſt).

„Kehren Sie um, Mylord, ehe es zu ſpät iſt" —

Alle.

Kehren Sie um, Mylord, ehe es zu ſpät iſt!

Calcraft (lieſt).

„Schwäche und Unthätigkeit ſind ſicherer als Kühnheit und Verbrechen und groß iſt der Unterſchied zwiſchen einem Volksauflauf und der Erſchütterung eines Königreichs. Sie können es e r l e b e n, daß Sie die Erfahrung machen. Aber kein Ehrenmann kann wünſchen, daß Euer Gnaden ſie ü b e r l e b e n."

Alle.

Hurrah für Junius! Hurrah für Wilkes! Hurrah für Calcraft!

Calcraft
(hat das Papier zuſammengefaltet).

Kommt, Ihr Bürger, ſeid meine Gäſte im Kaffeehaus „zur Börſe" und beſprecht mit mir gemeinſam den Ernſt unſerer Lage. Wollt Ihr?

Alle.

Wir folgen.

Unter Hurrahrufen für Wilkes und Junius und Verwünſchungen gegen Grafton, Alle ab.)

Zwölfte Scene.

Burke. Francis (treten aus dem Kaffeehaus).

Burke.

Junius übertrifft sich selbst; mit jedem neuen Brief wächst er.

Francis.

Er hat noch sehr viel zu thun, um ans Ziel zu kommen. Hoffen wir, daß er seiner Aufgabe gewachsen ist.

Burke.

Ich sagte Ihnen schon, Francis, S i e sollten Junius nicht kritisiren.

Francis (heiter).

Es ist zu spaßhaft, den kritischen Burke in Bewunderung vor seinem unfehlbaren Junius zu sehen! (Woodfall tritt während des Gesprächs aus seinem Hause und schreitet über seine Steinstufen langsam nach vorn.)

Dreizehnte Scene.

Vorige. Woodfall.

Burke.

Sieh da, Herr Woodfall, der unerschrockene, tapfere Herausgeber der Juniusbriefe im „Public Advertiser". (Er schüttelt ihm die Hand. Vorstellend.) Mr. Philipp Francis, erster Clerk des Kriegsamts.

Woodfall (zu Francis).

Wie lange haben wir uns nicht mehr gesehen, Francis. Ist es möglich, daß zwei alte Freunde so ganz außer Verkehr miteinander treten?

Francis.

In der That, seit Jahren haben wir uns nicht mehr g e s p r o c h e n, Woodfall. (Mit Betonung.) Aber d u r c h

Junius werde ich täglich an Dich erinnert, alter Freund, und unterhalte die erfreulichsten geistigen Beziehungen zu Dir.

Woodfall.

Wie jeder unabhängige Engländer —

Burke.

Ja, das ist wahr, Mr. Woodfall. Ihr Haus ist jetzt der Tempel, in dem das heilige Feuer der englischen Freiheit gehütet wird.

Woodfall.

Die Feueranbeter, die dahin wallfahrten, sind jedoch von einer sehr robusten Andacht erfüllt. Sie rennen mir vor der Ausgabe jedes neuen Juniusbriefes fast die Thore meines Tempels ein. Mein Personal wird fast erdrückt. Rechnungen über gebrochene Rippen werden nächstens zu meinen laufenden Geschäftsausgaben gehören.

Burke.

Was mich wundert, ist, daß die Regierung dem Geheimniß des Junius noch nicht nachspürt.

Woodfall.

Das thut sie seit dem ersten Briefe in jeder Weise —

Burke.

Das ist ja sehr interessant!

Francis.

Allerdings sehr interessant!

Woodfall.

— Aber immer vergeblich. Junius ist ein Muster von Vorsicht. Niemals bedient er sich der Post. Immer aus verschiedenen Theilen der Stadt bringen mir Unbekannte seine Briefe in's Haus oder werfen sie in den Briefkasten.

— 68 —

Francis (zu Woodfall).

Erzähle uns doch lieber von den Entdeckungsversuchen
der Regierung.

Woodfall.

Verkleidet und unverkleidet, unter Vorwänden aller
Art suchten Geheimpolizisten mich und meine Leute über
Junius auszuhorchen. Sie zogen alle unverrichteter
Dinge ab.

Burke.

Brav, Woodfall, brav.

Francis.

Woodfall, wie er immer war.

Woodfall.

Dann kamen größere Herren, selbst Minister, als
Versucher. Sie boten mir ein Vermögen an, wenn ich
die Hand böte, Junius zu verrathen, oder doch die Veröffentlichung seiner Briefe einstellte. Sie sehen, mit welchem
Erfolg: Junius ist unentdeckt, seine Briefe erscheinen weiter.

Burke.

Sie sind treu wie Gold, Woodfall.

Francis.

Treu wie Gold! Und darf man fragen: Hast Du
selbst eine Ahnung, wer Junius ist?

Woodfall.

Keine Ahnung.

Burke (zu Woodfall).

Könnten Sie uns wohl die Schriftzüge des Junius
einmal zeigen!

Francis.

Das wird Woodfall kaum thun.

Woodfall.

Warum nicht, Francis? — Da Junius auch an viele öffentliche Personen Privatbriefe richtet, wie man hört, so glaube ich keine Indiscretion zu begehen, wenn ich den Herren ein kurzes Billet des Junius vorzeige, das ich soeben erhielt.

(Er nimmt einen Brief aus seiner Tasche und überreicht ihn Burke.)

Burke

(näher an die Laterne des Kaffeehauses tretend). **Francis** (folgt ihm).

Burke.

Das also sind die Schriftzüge des Junius! Wie männlich und sicher!

Francis (hat auch in das Papier gesehen).

Ich finde diese Schriftzüge sehr steif, gezwungen und geschnörkelt.

Burke.

Selbstverständlich ist die Hand verstellt. Die Schnörkel sind offenbar Zuthaten, die irreleiten sollen. Und dennoch — Francis — kommt mir diese Hand bekannt vor. Haben Sie sie nicht auch schon gesehen?

Francis (unschuldig).

Daß ich nicht wüßte. Sie, Mr. Burke, lesen jedenfalls viel mehr Handschriften berühmter Männer, als ich simpler Clerk des Kriegsamts.

Burke (noch immer auf das Papier starrend).

Sonderbar, mehr und mehr vereinigt sich der ausgeprägte Charakter dieser Schrift mit einer andern, die ich besitze. Nur weiß ich jetzt nicht zu sagen, wessen Schrift es ist. Ich werde nachsehen. Doch gute Nacht, lieber Woodfall, schönen Dank für Ihre interessanten Mittheilungen.

Woodfall.

Gute Nacht, Mr. Burke. Gute Nacht, Francis. Du könntest auch mal was für mein Blatt schreiben, wenn Du Deinen alten Witz noch bewahrt hast.

Burke.

Das hat er, Mr. Woodfall, dafür stehe ich.

Francis.

Sehr gütig. Ich will mir's überlegen. Gute Nacht, lieber Woodfall. (Burke und Francis ab.)

Vierzehnte Scene.

Woodfall. **Jackson** (kommt rasch aus Woodfall's Haus auf diesen zu).

Woodfall.

Was willst Du, Jackson?

Jackson.

Kann ich die Laterne auslöschen, Herr?

Woodfall.

Ja, ich gehe zu Bett, Jackson. Nichts Neues eingegangen? (Schreitet mit Jackson seinem Hause zu).

Jackson.

Nein, Herr, namentlich kein neuer Junius, der uns doch für heute Abend versprochen war.

Woodfall.

Weißt Du das so genau?

Jackson.

Ja, Herr, ich sah seit der Ausgabe der Zeitung wenigstens zehnmal in unsern Briefkasten.

Woodfall.

Sonderbar! Junius ist doch sonst so pünttlich. Gute Nacht, Jackson.

Jackson.

Gute Nacht, Herr!

(Woodfall tritt in sein Haus.)

Fünfzehnte Scene.

Jackson (allein).

Jackson (während er die Laterne löscht).

Ich stand fortwährend hinter dem offenen Briefkasten, um hinauszustürzen, sobald ein Brief von Junius eingeworfen würde. Aber mein Herr darf das nicht wissen. Ich kann die Neugierde, Junius kennen zu lernen, nicht länger bezähmen. Ich werde mich noch ein Stündchen auf die Lauer legen. Wenn die Straßenlaterne gelöscht ist, kommt Junius eher. Da wird auch die Laterne vom „Oranier" ausgemacht.

(Geschieht durch einen Kellner des „Oraniers". Nur der Mond erhellt die Straße noch zuweilen.)

Gut. Nun mit Licht hinter den offenen Briefkasten! Und dann — sowie er den Brief einwirft, hinter ihm her! — Mr. Junius, Sie sollen sehen, daß der alte Jackson Ihnen an Schlauheit doch noch über ist! (^{20})

(Verschwindet in Woodfall's Hausthür.)

Sechzehnte Scene.

Francis (von rechts schleichend). **Jackson** (vorübergehend).

Francis (leise).

Endlich Alles dunkel. Es ist die höchste Zeit, wenn der neue Junius morgen erscheinen soll.

(Der Mond verschwindet. Francis drückt sich längs der Häuser der rechten Seite hin, steigt die Stufen von Woodfall's Haus leise empor und wirft den Brief in den Kasten. In demselben Augenblick wird die Thüre von Jackson aufgerissen und wieder zugeworfen.),

Siebzehnte Scene.

(Es ist ganz dunkel.)

Francis. Jackson. Gleich darauf D'Oyly. Grace.

Francis.

(Flieht, von Jackson verfolgt, die Treppe vor Woodfall's Haus hinab und will in die erste Straße zur Rechten, aus der er hergekommen, einbiegen. In diesem Augenblick kommt jedoch)

D'Oyly

(Grace am Arme führend, aus der rechten Vorder-Coulisse).

Francis

(prallt an D'Oyly heftig an und flieht dann in entgegengesetzter Richtung nach links in die Coulisse hinter dem „Oranier" hinein).

Jackson

(folgt ihm auf dem Fuß und verschwindet dicht hinter Francis in der zweiten Coulisse links).

(Der Mond bricht wieder durch.)

D'Oyly

(hat unmittelbar nachdem Francis an ihn angeprallt ist, beide Arme um sein rechtes Knie geschlungen und unterhalb desselben die Hände gefaltet und das Knie an sich gezogen, während er auf dem linken Beine im Kreise herumhüpft).

O Gott, mein Fuß, mein Hühnerauge!

Grace (sehr bestürzt).

Um Gotteswillen, was war das, Mr. D'Oyly?

D'Oyly.

Ein ruchloses Attentat auf mein Hühnerauge, Mrs. Francis. Der Kerl sollte gehangen werden. Au! Au!

Grace.

Kam Ihnen der Fliehende nicht sehr bekannt vor, Mr. D'Oyly?

D'Oyly.

Bekannt? Glauben Sie, daß ich mit Raubmördern und Einbrechern Brüderschaft trinke, Mrs. Francis? Zehn Jahre Zuchthaus verdiente der Galgenstrick. Au, au!

(Der Mond verschwindet wieder.)

Grace.

Pst, da nahen sie wieder! Leider ist es so dunkel, daß man Niemand erkennen kann.

Francis.

(Taucht, aus der letzten Seitenstraße von links, nach rechts fliehend, wieder auf. Er läuft rasch im Hintergrund über die Bühne und verschwindet in der hintersten Seitenstraße rechts.)

Jackson.

(Verfolgt ihn, schwer keuchend; nicht mehr so dicht wie früher hinter ihm. Verschwindet einige Zeit hinter Francis in der letzten rechten Seitenstraße. Auf der Scene ruft er matt:)

Halt auf!

(Der Mond bricht wieder durch.)

D'Oyly.

Ja, ich gebe auch einen Schilling, wenn Du ihn kriegst.

Grace.

Erkannten Sie ihn denn wirklich nicht, D'Oyly?

D'Oyly.

Nein, Madame! Ich werde ihn nie erkennen. Denn wie Sie hören, hat er eben glücklich eine Droschke erreicht und ist seinem schwerfälligen Verfolger entkommen.

(Man hört zur Rechten im Hintergrund das Knallen einer Peitsche und das Rollen eines Wagens.)

Grace.

Das scheint in der That so.

(Ganz heller Mondschein bis zum Schlusse des Aktes.)

Achtzehnte Scene.

Vorige. Jackson.

Jackson (kommt keuchend und hinkend zurück).

Beinahe hätte ich ihn erwischt. Manchmal flappte sein Haarbeutel mir keine Elle vor der Nase. — Wenn er mir nur da in der Seitenstraße nicht den Knüppel an die Beine geworfen hätte! —

D'Oyly.

Das sieht dem Strauchdieb ähnlich!

Grace
(steht in Nachdenken versunken in der Mitte).

D'Oyly.

Wieviel silberne Löffel hat er Euch denn gestohlen?

Jackson.

Silberne Löffel — der da? Hahaha!

D'Oyly.

Oder erbrach er Euren Kassenschrank?

Jackson.

Kassenschrank — Silberne Löffel! Hahaha! Das ist doch zu köstlich! Sind denn alle Insassen der Irrenhäuser London's gleichzeitig ausgebrochen? Nein, das ist zuviel! — Hahaha! — Wenn ich — hahaha! — nicht am — haha! — Lachen sterbe — so muß ich — hahaha! — das doch morgen — hahaha! — meinem Herrn erzählen!

(Ab in Woodfall's Haus, sich vor Lachen die Seite haltend.)

D'Ohly.

Hm! hm! hm! Da scheint ein Mißverständniß ob=
zuwalten. —

Grace

(die nur halb zuhörte, jetzt aus ihrem Nachsinnen auffahrend, mit
Betonung).

Ich möchte doch wissen, ob mein Mann schon zu
Hause ist?

(Sie nimmt D'Ohly's Arm zum Weitergehen).

(Der Vorhang fällt.)

III. Akt.

(Zeit: December 1769.)

Scene: Geschäftszimmer von Francis im Kriegsministerium. (Nüchtern.
Aktenschränke rechts, links und in der Mitte. Rechts vorn ein Tisch mit Akten
und Papieren neben einem Fenster. Thür in der Mitte des Hintergrundes.
Thür vorn in der linken Seitenwand mit der Aufschrift „Mr. D'Oyly".

Erste Scene.

Francis (am Tisch rechts arbeitend). D'Oyly (eintretend).

D'Oyly.

Guten Morgen, Francis, schon wieder so früh im Amt?
(Gähnt.) Die rosenfingrige Eos ist ein Siebenschläfer gegen
Dich.

Francis (sitzend, nach D'Oyly gewandt).

Guten Morgen, D'Oyly. Du sprichst in holden Bildern.

D'Oyly.

Kein Wunder, wenn man eben den bilderreichen Burke
getroffen hat.

Francis.

Du trafst Burke? (Aufstehend, zu D'Oyly tretend.) Was sagte
er Dir?

D'Oyly.

Ich muß erst 'mal nachdenken. Richtig. Er läßt
Dich grüßen, Francis, und Dir sagen, er habe vorhin
Woodfall getroffen. Der habe ihm gesagt, heute morgen
werde ein neuer Junius ausgegeben.

Francis.

Weiter nichts?

D'Oyly.

Das sagte ich auch. Da gerieth aber Burke in große Aufregung und sagte mir, Woodfall habe ihm gesagt, dieser Brief des Junius sei der größte von allen, er sei an den König selbst gerichtet. Das solle ich Dir sagen; Du sollest Dir den Brief ja gleich verschaffen, so wie er ausgegeben werde.

Francis.

Das wollen wir thun, D'Oyly.

D'Oyly.

Ach ja, Francis, meinetwegen. Es ist ganz hübsch, daß Junius auch 'mal an den König schreibt. Obgleich ich nicht weiß, was er ihm zu sagen hätte. Aber die ewigen Angriffe des Junius gegen den Herzog von Grafton waren zu langweilig.

Francis.

Wie schade, daß Junius Deinen Rath nicht hören kann!

D'Oyly.

Ja, er würde gewiß Manches besser machen, Francis.

Francis.

Unzweifelhaft.

D'Oyly.

Mag er zusehen, wie er ohne mich fertig wird. Ich habe genug mit mir selbst zu thun. (Seufzt tief.)

Francis.

Was bedeutet dieser tiefe Seufzer?

D'Oyly.

Ach, Francis, meine Portia hat auch Nerven gekriegt.

Francis.

Auch Nerven; wer denn noch?

D'Oyly.

Deine Frau natürlich.

Francis.

Was weißt Du von den Nerven meiner Frau?

D'Oyly.

Nu nu, Francis, gerade genug. Sie und Portia
zischeln immer zusammen, und da fängt unsereins auch
'mal einen Brocken auf, der nicht für uns bestimmt war.
Sie hat einen schrecklichen Verdacht gegen Dich; sie meint,
Du unterhieltest ein delikates Verhältniß.

Francis.

Ich fühle mich frei von diesem Verdacht, D'Oyly.

D'Oyly.

Das sagte ich ihr auch.

Francis.

Aber wie ist Deine Portia plötzlich zu Nerven gekommen?

D'Oyly.

Auf die einfachste Weise. Sie besuchte ihren Vater
im Gefängniß. Und da er im April nächsten Jahres frei
wird, hielt sie es an der Zeit, ihm unser Geheimniß zu
enthüllen. Als er aber hörte, daß ich Beamter im Kriegsministerium sei, erklärte er rundweg, er nehme keinen
Schwiegersohn, der Beamter sei.

Francis.

Nun, da gibt es einen einfachen Ausweg, D'Oyly.
Du hast ein bedeutendes Vermögen. Du quittirst Dein
Amt und wirst eben Schwiegersohn von John Wilkes.

D'Oyly.

So spricht Portia auch, Francis. Und weil ich nicht will, kriegt sie Nerven. Aber ich will nicht. Wenn man schon vor der Hochzeit thut, was die Frauen wollen, kommt man unter den Pantoffel. Ich will nicht von meinem Vermögen leben, sondern von meinem Gehalt.

Francis.

Sehr ehrenwerth gedacht. Aber gegen den Pantoffel schützt es Dich nicht, D'Oyly. Sie finden immer einen Anlaß, ihn uns aufzusetzen.

D'Oyly.

Kann sein. Eben deshalb bleibe ich aber Beamter, um meinen Willen durchzusetzen.

Francis.

Das wird die andere Seite auch thun. Sie hat ein sehr niedliches Trotzköpfchen.

D'Oyly.

Meinst Du Portia?

Francis.

Nein, ihren Herrn Papa.

D'Oyly.

Sie kann auch trotzen, Francis, hm, ganz gediegen.

Francis.

Erbtheil der Mutter, D'Oyly. Und natürliche An= lage vom Vater her. Er ist der berühmteste Dickkopf in England.

D'Oyly.

Deshalb müßte man die Tochter für unsere Ansicht zu gewinnen suchen. —

Francis.

— Wenn das gelänge. —

D'Oyly.

In den nächsten Tagen ist ihr Geburtstag. Ich müßte ihr ein Gedicht senden, welches sie beschwört, nur der Stimme des Herzens zu folgen, gegen alle Hindernisse, die uns in den Weg gelegt werden.

Francis.

Sehr gut, D'Oyly. Führe diesen Gedanken aus. Ich bin sehr neugierig auf dieses Gedicht.

D'Oyly.

Ja, da hängt's eben. Ich habe noch nie ein Gedicht gemacht, Francis. Willst Du es für mich thun? Du verstehst Dich so gut darauf.

Francis.

Ich bin gerade — bis Lord Barrington mich zu sich entbietet — dienstfrei. Recht gern. Ich will es versuchen. Laß mich allein.

D'Oyly.

Mach's recht schön, Francis.
(Ab nach links.)

Zweite Scene.

Francis (allein).

Francis (nimmt Feder und Papier zur Hand).

Wir müssen ein bischen pathetisch werden, damit man sieht, daß es D'Oyly ernst ist; aber doch auch recht hausbacken bleiben, damit man glauben kann, es komme von ihm. Die Reime dürfen nicht zu schön werden, Miß

Portia; der Anfänger darf Ihnen nur wenig, aber mit
Liebe darbringen. Also:
(Schreibt, und spricht das Geschriebene laut, bei den Reimen verweilend.)

„An Sie.

„Wenn sich Hindernisse bäumen
Auf der Liebe Rosenpfad,
Wenn Dich, ach, aus süßen Träumen
Rauhe Hand gerissen hat —"

Dritte Scene.

Francis. D'Oyly.

D'Oyly.
Bist Du fertig, Francis?

Francis.
So schnell geht das doch nicht.

D'Oyly (dicht bei Francis).
Aber was Du schriebst, darf ich doch lesen?

Francis.
Das darfst Du, aber dann geh wieder.

D'Oyly (in das Papier blickend).
„Wenn sich Hindernisse bäumen —"

Das ist vortrefflich — das drückt die Situation sehr
gut aus. — (Liest mit komischem Vortrag weiter.)

„Auf der Liebe Rosenpfad,
Wenn Dich, ach, aus süßen Träumen
Rauhe Hand gerissen hat —"

Die „rauhe Hand" ist wieder sehr gut, Francis, das
geht auf den Alten, das wird sie merken.

6

Francis.

Das denke ich auch, D'Oyly. Nun laß mich weiter schreiben.

D'Oyly.

Ich gehe schon. (Ab.)

Vierte Scene.

Francis (allein).

Francis (wie vorhin, weiter schreibend).

Wo waren wir stehen geblieben?

„Rauhe Hand gerissen hat."

Nun noch ein „Wenn" —

„Wenn Vernunft kalt wägt die Frage:
Soll ich oder soll ich nicht?
Dann vertraue sonder Klage
Dem nur, was Dein Herz Dir spricht."

Fünfte Scene.

Francis. Diener des Kriegsamts.

Diener.

Guten Morgen, Mr. Francis.
(Schreitet nach D'Oyly's Thür.)

Francis.

Guten Morgen. — (Liest die Schlußzeilen nochmals.)

„Dann vertraue sonder Klage
Dem nur, was Dein Herz Dir spricht."

Diener (stehen bleibend).

Ich verstand nicht, was Sie befahlen, Sir.

Francis.

Ich befahl nichts.

Diener (in die Thür von D'Oyly rufend).

Seine Herrlichkeit, Lord Barrington, liegen krank zu Bette und ersuchen Mr. D'Oyly zum Vortrag in seine Amtswohnung sich hinauf zu bemühen.

D'Oyly (von links hinter der Scene hervorrufend).

Sogleich. (Diener ab.)

Sechste Scene.

Francis. D'Oyly.

D'Oyly.

Seine Lordschaft ist ja heute ausnehmend früh. (Bei Francis.) Wieder was fertig, Francis? (Schaut ihm über die Schulter, liest.) Das ist gleichfalls sehr gut.

„Wenn Vernunft kalt wägt die Frage:
Soll ich oder soll ich nicht?"

Das wird einen erschütternden Eindruck auf sie machen. Meinst Du nicht, daß das Gedicht zu gut für mich sei?

Francis (heiter).

O nein, D'Oyly. Von Dir kann sie es nicht schlechter erwarten.

D'Oyly.

Das beruhigt mich. Und mach es nicht zu lang.

Francis.

Noch eine Strophe.

D'Oyly.

Mehr nicht. Ich bin gleich zurück. Solltest Du in=zwischen abgerufen werden, so schiebe das Gedicht hier unter die Akten, so daß ich's gleich finde. Adieu.

Francis.

Adieu. (D'Oyly ab.)

Siebente Scene.

Francis (allein).

Francis.

Nun die letzte Strophe. (Belustigt.) So geht's:

> Deine Loosung sei die Liebe,
> Sie allein sei Dir Gesetz.
> Ach, der Widerstreit der Triebe
> Führt uns zappelnd in das Netz.

Punktum. Wenn Portia einen Funken von gesundem
Gefühl hat, so verbietet sie D'Ohly das abscheuliche Ge=
leier ein für allemal, und fordert ihn auf, seine Gedanken
in klarer Prosa auszudrücken. Das kann ihm nur nütz=
lich sein.

Achte Scene.

Francis. Ein anderer Diener des Amtes.

Diener.

Guten Morgen, Mr. Francis.

Francis.

Guten Morgen, was gibt's?

Diener.

Seine Herrlichkeit, Lord Barrington, liegen krank zu
Bette.

Francis.

Weiß schon. —

Diener.

Und lassen Mr. Francis ersuchen, aus der Bibliothek
des Amtes die hier verzeichneten Werke zu entnehmen und
sich dann zum Vortrag zu Seiner Herrlichkeit zu bemühen.

(Ueberreicht Francis einen Zettel.)

Francis.

Seine Lordschaft befiehlt mich heut eine Stunde früher als sonst.

Diener.

Seine Lordschaft wollen sich, wenn der Arzt es erlaubt, nachher zum Lever Seiner Majestät begeben. (Ab.)

Neunte Scene.

Francis (allein).

Francis (liest den Zettel).

Lauter Werke über unser Verhältniß zu unsern nord= amerikanischen Kolonien. Kein Wunder. Diese Frage wächst allen Ministern über den Kopf. Auch diese Akten werde ich bei Lord Barrington brauchen. (Nimmt sie vom Tisch.) Und nun D'Oyly's lyrischen Erguß hier drunter geschoben, daß er noch etwas hervorschaut. So!

(Ab durch die Mitte. Die Scene bleibt einen Augenblick leer.)

Zehnte Scene.

Grace. Portia (durch die Mittelthür spähend).

Grace.

Leise hinein! Siehst Du, Portia, das Zimmer ist leer. O sie täuschen uns herzlos, Portia. Wo mögen sie wohl weilen?

Portia.

Sie werden beim Vortrag sein.

Grace.

Um diese Stunde? Ach nein, so früh ist Lord Bar= rington nicht. Und was sollten beide zugleich beim Vortrag?

Portia.

Vielleicht sind sie in D'Oyly's Zimmer?
(Sie öffnet dasselbe.)

Grace (dicht hinter ihr).

Auch das ist völlig leer.

Portia (ängstlich sich umschauend).

Wenn man unser Eindringen hier bemerkte, Grace!

Grace.

Das schadet nichts. Francis hat den Dienern ein für
allemal Befehl gegeben, mich unangemeldet einzulassen.
Heute würde er wohl diesen Befehl nicht mehr geben. Es
geschah in den sonnigen Tagen unsres jungen Eheglücks.
Ach Gott, wie lange ist diese Sonne für immer unter=
gegangen!

Portia.

Wie kam es, daß sie unterging?

Grace.

Ja, wenn ich das wüßte! Ich weiß nur das Eine:
Francis ward ein Anderer seit jenem Abend im Januar
dieses Jahres, als er vom Feste bei Lord Holland nach
Hause kam. Sein Auge strahlte, seine Wangen waren
geröthet. Vom Weine war es nicht. Er trinkt nie.
Irgend eine geheimnißvolle Begegnung hatte ihn völlig
verwandelt. Ich meinte Anfangs, Nancy Parsons sei die
Ursache. Aber er erzählte sein Zusammentreffen mit ihr
kühl und leidenschaftslos, in seiner sarkastischen Weise, so
daß ich ganz in Zutrauen eingehüllt wurde. Aber den=
selben Abend noch ging sein neues Wesen los. Er schrieb
fortan auf seinem Zimmer Dinge, die ich nie sehen durfte,
oder ging plötzlich noch spät aus. Er warf sich des Nachts
schlaflos umher. Sein Auge glühte in unheimlichem

Feuer, wenn er vor sich hinbrütete, und lief eine Secunde später scheu und prüfend über die Anwesenden. Er wurde wortkarg, träumerisch, mißtrauisch. Nach wenigen Tagen war mir klar, er hüte ein Geheimniß vor mir. Welches Geheimniß hatte mein Mann vor mir zu hüten, Portia?

Portia.

Arme Grace!

Grace.

Ich versuchte Alles, hinter sein Geheimniß zu kommen, Portia: Liebe, Bitten, Thränen — sie kamen mir ohne Zwang —, Spott, Eifersucht: ohne Erfolg. Du warst selbst einmal Zeugin, wie er jeden Verdacht zu entwaffnen verstand. Da erhellte ein greller, unheimlicher Blitz plötz- lich das Dunkel, in dem ich tastete.

Portia.

Was meinst Du?

Grace.

Jene Begegnung mit Francis in der Aprilnacht, als mich D'Oyly nach Hause geleitete. Ich erkannte Francis ganz deutlich, als ihn der Diener Woodfall's, Jackson, von Woodfall's Hause her verfolgte. Ich wollt' es nur D'Oyly nicht merken lassen. Was hatte Francis in diesem Hause zu thun, Portia? Jackson sprach mir viel von Frau Woodfall.

Portia.

Ich kann es nicht glauben, Grace. Dein Mann ist so ernst und würdevoll und doch heiter und so zärtlich gegen Dich und die Kinder.

Grace.

Ach, wenn ich nur sicher wäre, daß er nicht heuchelt! Aber warum schweigt Jackson so hartnäckig darüber, was ihn zur Verfolgung von Francis in jener Nacht veranlaßte? Warum sucht Jackson bei jeder Begegnung mit mir meinen Namen, den Namen des Verfolgten zu ermitteln? Gewiß nur, weil Woodfall, sein Herr, den Räuber seiner Ehre kennen möchte. Und warum verheimlichte mir Francis, daß er Woodfall kenne und sich mit ihm duzt? Ich entdeckte das durch einen Brief, in dem Woodfall Francis auffordert, auch einmal für seine Zeitung zu schreiben. Wir könnten solche Nebeneinnahmen für unsern Haushalt recht gut brauchen, Portia. Ich stellte das Francis vor. Er schreibt ausgezeichnet und könnte viel damit verdienen. Weißt Du, was er mir antwortete?

Portia.

Nun? —

Grace.

So lange Junius für Woodfall schreibe, könne und wolle er nicht schreiben.

Portia.

Das ist ein Beweis für seinen edeln Stolz, nicht für seine Schuld.

Grace.

Es kann aber auch ein Vorwand sein; es kann ihm peinlich sein, Woodfall näher zu treten, da er ihn so schwer getäuscht.

Portia.

Das sind grundlose Combinationen. —

Grace.

Die heute hier ihre Bestätigung finden. Francis fühlte sich bedrückt und beargwöhnt, als er daheim die Abende für sich schrieb oder plötzlich ausging. Er ging deshalb eine Stunde früher in's Amt und kehrte eine Stunde später heim. Mein Argwohn wurde durch diese Veränderung nur erhöht. Du siehst, liebe Portia, daß ich leider recht habe. Weder Francis noch D'Ohly ist hier.

Portia.

Sie werden gewiß ihre Abwesenheit zu erklären wissen.

Grace.

An Ausreden wird es ihnen nicht fehlen. Aber ich will klar sehen. Ich bin überzeugt, Francis' Pult dort verbirgt mehr Beweise seiner Schuld, als seines Dienst= eifers. Er hält sich ja hier für sicher und ungestört.

(Sie überfliegt nahe am Pult dessen Papiere.)

Portia (dicht hinter ihr).

Grace
(erblickt das Ende des Gedichtes unter den Akten.)

Sieh da — Verse. — (Zieht es hervor.) „An Sie!" — von Francis' Hand!

(Beide blicken erstaunt in das Blatt.)

Portia.

Das hätte ich nicht für möglich gehalten!

Grace.

Gegen diesen Beweis von Francis' eigener Hand müssen alle Bedenken verstummen. Laß uns lesen:

„Wenn sich Hindernisse bäumen
Auf der Liebe Rosenpfad." —

— Die Ehe ist ihm ein Hinderniß, seine jetzige Liebe dagegen ein „Rosenpfad". Er soll auch Dornen haben, Francis.

„Wenn Dich, ach, aus süßen Träumen
Rauhe Hand gerissen hat —"

Mit dieser „rauhen Hand" bin ich gemeint, Portia. Nun folgt aber der Kern seiner Moral:

„Wenn Vernunft kalt wägt die Frage:
Soll ich oder soll ich nicht?" —

Ist das nicht sehr fein ausgedrückt, Portia?

Portia.

Ganz abscheulich.

Grace.

„Dann vertraue sonder Klage
Dem nur, was Dein Herz Dir spricht. —

Deine Loosung sei die Liebe,
Sie allein sei dir Gesetz." —

— Ein anderes Gesetz als seine unlautere Leidenschaft
kennt er nicht. — ,

„Ach, der Widerstreit der Triebe
Führt uns zappelnd in das Netz!"

— Ja, zapple nur, mein Freund. Ich möchte nur wissen,
welche ihn im Netze hat: Nancy Parsons oder Frau Wood=
sall oder gar noch eine Dritte oder Vierte?

Portia.

Das ist ja der reine Don Juan! Ich muß D'Oyly
vor seinem Umgang warnen.

Grace.

Wir werden gleich sehen, ob diese Warnung nicht zu
spät kommt.

Portia.

Du ängstigst mich. Was willst Du thun?

Grace.

Sie müssen nun jede Minute eintreffen. (Steckt das Gedicht wieder unter die Akten.) Wir werden von ihnen hören,
wo sie verweilten. Und ich werde erfahren, an wen Francis

dieses Gedicht schrieb. Rasch in D'Oyly's Zimmer! Ich höre Schritte draußen.

(Beide rasch nach links ab.)

Elfte Scene.

D'Oyly (durch die Mittelthür). Grace. Portia (in der Thür zu D'Oyly's Zimmer sichtbar).

D'Oyly.

Kaum war ich zu Ende, so kam Francis dran.

Grace zu Portia (in der Thür, leise).

Wo mögen sie gesteckt haben?

Portia (ebenso).

Sie haben sich gewiß rasiren lassen.

Grace.

Ach, das thut mein Mann immer selbst.

(Verschwinden in der Thür.)

D'Oyly.

Flüsterte da nicht etwas? Doch nein, ich höre nichts mehr. (Wendet den Rücken gegen die Thür links und tritt an Francis Pult.) Nun werde ich einmal unser schönes Gedicht mit vollem Behagen genießen.

(Zieht dasselbe heraus, stützt den Kopf in beide Hände und bewegt die Lippen, als ob er läse.)

Grace und Portia
(schon während der letzten Worte D'Oyly's wieder in der Thür, lauschend).

„Unser schönes Gedicht!“ Was soll das heißen?

D'Oyly (in derselben Stellung).

Ja, das ist ein sehr hübsches Gedicht geworden. Was sie für Augen machen wird, wenn ich es ihr mit einem reizenden Geschenk überreiche!

Portia (leise).

Mir schwindelt, Grace. D'Oyly hat es für seine
Geliebte bestimmt.

Grace (leise).

Unbegreiflich.

Portia (leise).

Ich halte mich nicht länger! (Reißt sich von Grace los,
heraustretend, laut zu D'Oyly.) Was willst Du mit diesem Ge=
dicht machen, D'Oyly?

D'Oyly (höchst bestürzt).

Wie kommst Du — hierher — Portia?

Portia.

Mit Mrs. Grace Francis. —

Grace (hervortretend).

Wir wollten wissen, was die Männer hier treiben, die
vorgeben, uns zu lieben.

Portia.

Was willst Du mit diesem Gedicht machen, D'Oyly?

D'Oyly (verschüchtert).

Es sollte eine Ueberraschung werden.

Grace und **Portia.**

Eine recht nette Ueberraschung!

D'Oyly.

Ich hatte die besten Absichten.

Portia.

Ei — wirklich?

Grace.

Wer hat das Gedicht gemacht?

D'Oyly.

Wir — Beide.

Grace und **Portia.**

Was soll das heißen?

D'Oyly.

Francis und — ich. Ich gab die Gedanken —
er die Form.

Grace und **Portia.**

Und für wen ist es bestimmt?

D'Oyly.

Es soll ja eine Ueberraschung sein.

Grace und **Portia.**

Wir wollen wissen, wem die Ueberraschung gilt?

D'Oyly (zögernd).

Nun denn — Dir, Portia!

Portia.

Mir?

Grace.

Ihr! Hätte ich ihn in unrechtem Verdacht gehabt? —

D'Oyly.

Francis benutzte wenige Minuten, ehe er zum Vortrag
zu Lord Barrington befohlen wurde, diese Verse unter
meiner — Mitwirkung niederzuschreiben.
(Reicht die Verse an Portia.)

Grace und **Portia** (lesen das Gedicht nochmals).

— Unter diesen Umständen — nicht wahr? — er=
scheint es —

Grace.

Zwar nicht schön —

Portia.

Aber harmlos.

D'Oyly (bei Seite).

Harmlos! Mehr nicht?

Grace.

Und wo ist Francis jetzt?

D'Oyly.

Bei Lord Barrington.

Portia.

Und wo warst Du, ehe Du kamst?

D'Oyly.

Bei Lord Barrington, Portia.

Grace (bei Seite).

Sollte ich mich doch getäuscht haben?

Zwölfte Scene.

Vorige. Francis (mit Akten und Büchern).

Francis.
(Anfangs erstaunt auf die Damen blickend. Dann heiter, aber sehr würdevoll.)

Miß Portia und meine liebe Frau hier — in meiner Abwesenheit —

D'Oyly (wichtig).

Anfangs auch in meiner. —

Francis.

Wir werden aber trotzdem keine Weisung geben, unsere Geschäftszimmer ihnen zu verschließen, nicht wahr, D'Oyly? Denn wir haben keine Geheimnisse, D'Oyly, und die uns anvertrauten Geheimnisse des Staates haben kein Inter= esse für unsere Damen.

D'Oyly.

Ich glaube auch nicht, Francis.

Francis.

Auch unsere Verse sehe ich in den Händen der schönen

Portia. Es ist also Alles in ihrem Besitz, was wir ihnen, wenn auch zu gelegenerer Stunde, übergeben wollten.

Grace (heftig bewegt).

Nicht so, Philipp! Bei Allem, was uns theuer ist. Ich athme schon jetzt um Vieles freier, als ehe ich herkam. Aber löse mir noch Ein Räthsel. (Nimmt ihn auf die Seite, leise.) Warst Du in einer gewissen Aprilnacht im Hause Wood=sall's?

Francis.

Ueberhaupt niemals, so wahr ich vor Dir stehe.

Grace.

Kennst Du seine Frau?

Francis.

Nein, Grace — denn er hat keine.

Grace.

Keine Frau? Aber sein Diener Jackson sprach mir doch von Frau Woodsall.

Francis.

Das ist seine Mutter.

Grace.

O Philipp, wie blind konnte ich sein!

Francis (liebevoll).

Du hättest Dir viel unnütze Sorge erspart, Grace, wenn Du mir sofort gesagt hättest, was Du argwöhnst. (Schalkhaft.) Ich hoffe, daß es nicht nöthig ist, hinzuzusetzen, daß das auch in Zukunft gut sein wird. (Laut.) Doch ich muß zum König!

Grace, D'Oyly und Portia (laut und erstaunt).

Zum König?

Francis (würdevoll).

Ja — zum König! Lord Barrington darf nach dem Spruch des Arztes nicht aufstehen. Der Vortrag unseres Departements bei Sr. Majestät hat Eile. So muß ich denn dem König Vortrag halten.

D'Oyly.

Man könnte Dich beneiden.

Grace und **Portia.**

Recht gute Verrichtung!

D'Oyly.

Und recht eingehenden Bericht über die Audienz, nicht wahr?

Francis.

Gewiß. Auf Wiedersehen!

(Küßt Grace auf die Stirn. Ab, nach rechts.)

Dreizehnte Scene.

Vorige. Ohne Francis.

Grace.

Diese Audienz kann sein Glück werden.

Vierzehnte Scene.

Vorige. Diener.

Diener.

Miß Nancy Parsons wünscht Mr. Francis zu sprechen. — Ist Mr. Francis nicht hier?

D'Oyly (würdevoll).

Zu Seiner Majestät befohlen. Laßt Miß Parsons nur herein. (Diener ab.)

Portia.

Wie? — Du wolltest mit diesem Weibe reden, Harry?

D'Oyly.

Warum nicht? So gut wie Francis kann ich's auch.

Grace (sehr aufgeregt, zu Portia).

Laß ihn nur. Es ist mir sehr angenehm, daß er sie vor=
läßt. Wir werden nun hören, was sie von Francis wollte.
Komm, Portia, wir verschwinden wieder in D'Oyly's
Zimmer.

Portia (leise zu Grace).

Meinst Du, ich kann D'Oyly allein mit ihr lassen?

Grace (leise).

Wir sind ja zur Hand. (Laut.) Rasch, sie naht schon.
(Grace und Portia ab nach links. Sie lauschen in der Thür.)

Fünfzehnte Scene.

D'Oyly. Nancy Parsons (durch die Mittelthür). Grace und Portia
(in der Thür links).

Nancy Parsons.

Mr. Francis ist leider nicht hier, wie ich höre.

D'Oyly
(verblüfft durch die Anmuth und Eleganz ihrer Erscheinung, mit eifrigen
Blicken nach ihr).

Nein, Miß Parsons. Er wird sehr bedauern, Sie
verfehlt zu haben. (Nach linkischer Verbeugung mit Pathos.) Francis
würde soviel Anmuth und Liebenswürdigkeit nicht aus dem
Wege gegangen sein!

Grace (leise).

Gewiß nicht — wenn ich nicht zufällig auch da ge=
wesen wäre.

Portia (drohend).

Na, warte nur, D'Oyly, wenn ich herauskomme! Wie er die Augen nach ihr wirft, Grace!

Nancy.

Wohin ist Mr. Francis gegangen?

D'Oyly.

Zu Seiner Majestät zum Vortrag befohlen.

Grace (leise).

Das glaube ich nun auch nicht mehr.

Nancy.

Wird er Vormittags hierher zurückkehren?

D'Oyly.

Das ist sehr unbestimmt. Kann ich etwas an ihn bestellen?

Nancy (überlegend).

Mit wem habe ich die Ehre?

D'Oyly.

Harry D'Oyly, zweiter Clerk des Kriegsamts.

Nancy.

Und Freund von Mr. Francis?

D'Oyly.

Intimer Freund, Miß Parsons.

Nancy.

Jedenfalls ein sehr liebenswerther, würdiger Freund.

D'Oyly (verbeugt sich mit glücklichem Lächeln).

Portia (zornig, leise).

O Du Affe! (Drohende Bewegung gegen D'Oyly.)

Nancy (nachdenkend).

So sagen Sie ihm gefälligst, Mr. D'Oyly, ich sei

gekommen, um — ihm wegen des Geheimnisses, das er mit mir allein kennt, eine neuere Mittheilung zu machen.

Grace (leise).

Das ist mehr als man erwarten konnte!

D'Oyly.

Darf man nicht wissen, welches Geheimniß er mit Ihnen allein kennt?

Nancy (überlegend).

Nein, Mr. D'Oyly. Vorläufig darf es kein Dritter wissen — auch nicht einmal ein so liebenswürdiger Freund wie Sie.

D'Oyly (verbeugt sich wieder beglückt).

Portia (leise).

Na, warte nur, nachher!

Nancy.

Sagen Sie Mr. Francis gefälligst, er würde von mir hören. Adieu, Mr. D'Oyly.

(Verbeugt sich, schreitet gegen die Thür.)

D'Oyly (verbeugt sich gleichfalls).

Adieu, Miß Parsons — sehr angenehm gewesen.

D'Oyly (öffnet Nancy die Mittelthür. Abermalige Verbeugung zwischen Nancy und D'Oyly).

(Nancy ab.)

Sechzehnte Scene.

D'Oyly. Grace. Portia. (Die Damen rasch heraustretend.)

Portia (zu D'Oyly).

Wie hast Du Dich aufgeführt, Harry!

D'Oyly.

Ich — — wieso?

Grace.

Er hat keine Empfindung für die Kläglichkeit der Rolle, die er spielte. Komm, Portia, wir wollen ihm Zeit lassen, darüber nachzudenken.

Portia.

Ja, geraume Zeit.

Grace.

Leben Sie wohl, Mr. D'Oyly.

Portia.

Leben Sie wohl, Mr. D'Oyly.

(Beide rasch ab.)

Siebzehnte Scene.

D'Oyly (allein).

D'Oyly.

„Leben Sie wohl, Mr. D'Oyly" hat sie gesagt. Das klingt beinahe so, als ob sie mir nicht mehr Du sagen wollte!

(Bleibt in komischer Verblüfftheit stehen.)

Zwischenvorhang fällt.

Verwandlung.

Leverzimmer im Palast des Königs zu St. James in London. Links ein mit Seide überzogenes Lager mit himmelbettartiger Traperie, von der Krone überragt, auf welchem der König in gewähltem Morgenanzug ruht. Das Lager ist schräg gestellt, so daß die Zuschauer die ganze Figur des Königs sehen können. Das übrige Ameublement entsprechend reich.
Tische und Stühle.

Achtzehnte Scene.

Der **König** (auf dem Lager ruhend). Vor ihm stehend, den Hut in der Hand, Herzog von **Grafton**, Lord **North**, Lord **Camden**, Lord **Mansfield**, Lord **Weymouth**. Etwas ferner Graf **Talbot**.

(Die Lords außer Talbot knien nacheinander vor dem König nieder und küssen ihm die Hand.)

Grafton.

Haben Eure Majestät gut geruht?

König.

Recht gut, Mylords. — Nur scheucht die Sorge um den so ruchlos gestörten Frieden Unsrer Unterthanen oft stundenlang den Schlummer von Unserm Auge. Unsre amerikanischen Kolonien sind, Gott sei's geklagt, der Rebellion nahe — in Boston haben, wie Sie wissen, blutige Auftritte stattgefunden —

Die Minister
(machen zustimmende und bedauernde Bewegungen).

König.

Und im Innern Unsres Stammlandes hat sich eine steigende Gährung der Geister bemächtigt. Seit elf Monaten beherrscht ein Unbekannter durch den blendenden Glanz und die geheimnißvolle Allwissenheit seiner Enthüllungen die öffentliche Meinung. Er nennt sich Junius. Sie Alle, Mylords, haben, seit dem ersten Auftauchen dieses furchtbaren Gespenstes, alle Ihre Macht und Arbeit auf dessen Entlarvung gerichtet. Doch immer vergeblich. Darf ich heute hoffen, daß Sie mir endlich sagen können, wer Junius ist?

Lord Weymouth
(vortretend, das Knie vor dem König beugend).

König.

Steht auf, Mylord. Ich erlasse Ihnen und Ihnen allen, Mylords, diesen Beweis Ihrer Hingebung an die Krone.

Lord Weymouth (trocken und weitspurig wichtig).

Wie Ihre Majestät schon zu bemerken geruhten, ist meine und meiner sämmtlichen Herren Collegen unablässige Arbeit seit elf Monaten auf die Entdeckung des Junius gerichtet gewesen, und ich bin zu meiner Freude in der Lage, Ihrer Majestät höchst wichtige Fingerzeige bieten zu können.

König.

Fingerzeige — mehr nicht?

Lord Weymouth.

Eure Majestät mögen selbst urtheilen.

König.

Ich bin höchst neugierig.

Lord Weymouth.

Zunächst habe ich durch das Aufgebot des höchsten Scharfsinns meiner Beamten und der gesammten Polizei ermittelt, daß Junius kein Jurist ist. ([20])

Lord Mansfield.

Das hat auch Niemand jemals vermuthet.

Lord Camden.

Seine Briefe treffen aber, bis auf Irrthümer in Neben= sachen, stets den Kern der Rechtsfrage.

Lord Mansfield.

Darüber läßt sich streiten.

König.

Keinen Streit, Mylords. Warum ist Junius kein Jurist, Lord Weymouth?

Lord Weymouth.

Eben wegen der Irrthümer in Nebensachen. Zudem ist er auf die Juristen insgesammt sehr schlecht zu sprechen.

König.

Das thun sehr Viele mit ihm.

Lords (lachen).

Lord Weymouth.

Junius ist auch kein Theologe.

König.

Kein Mediciner, kein Philosoph, kein Nationalökonom und so weiter — Lord Weymouth, ich erlasse Ihnen diese Beweise.

Lord Weymouth.

Wie Eure Majestät befehlen. Junius ist aber auch kein Mitglied des Parlaments.

König und Lords.

Kein Mitglied des Parlaments?

Lord Weymouth.

Nein Sire. Denn an zahlreichen Stellen seiner Briefe spricht er den Wunsch aus: die und jene Sitzung des Par=laments, die ihm wichtig erscheint, werde doch für Alle, die Einlaßkarten begehren, öffentlich sein.

König.

Das Alles sind aber nur negative Ergebnisse. Sie zeigen uns, wo Junius nicht zu suchen ist. Wo haben wir ihn denn zu suchen?

Weymouth.

Auch betreffs dieser Frage ist der größte Scharfsinn meiner Herren Collegen und meiner Beamten, einschließlich der gesammten Polizei seit elf Monaten unablässig thätig gewesen und hat das glänzende Ergebniß geliefert, daß —

König (lebhaft).

Daß —

Weymouth.

Daß fünfunddreißig Personen mehr oder weniger den Verdacht auf sich ziehen, für Junius gehalten werden zu können! ([21])

König.

Fünfunddreißig! Mehr nicht! Ist Ihnen denn nicht einleuchtend, Mylord, daß Ihre Bestrebungen zur Entdeckung des Junius weiter als je von Erfolg entfernt sind, so lange Sie mehr als Einen im Verdacht haben?

Die Lords (außer Weymouth).

Völlig richtig, Majestät!

König (zu Weymouth).

Sie scheinen eine Liste Ihrer fünfunddreißig Juniusse bei sich zu führen? Geben Sie sie mir.

Weymouth (überreicht die Liste).

König (überfliegt sie).

Lord Chesterfield? — Gebrochen an Geist und Körper, nicht der Schatten eines Junius. — Lord Chatam? — Pitt würde mir im Parlament den Krieg machen, wenn er gesund wäre, nicht als Junius. — (Liest weiter.) Lord Camden? — Was sagen Sie dazu, mein theurer Lord? ([22])

Lords (außer Camden, lachen).

Camden.

Was ich Ihrer Majestät zu sagen hatte, habe ich stets in Ihr Königliches Antlitz gesagt. Ich erwidere auf diese frivole Anschuldigung nur, daß ich hoffte, wenigstens in Gegenwart meines gnädigen Königs vor Beleidigungen sicher zu sein.

König (scharf gegen Lord Weymouth).

In der That, Mylord, diese Liste läßt eine sorgfältige Sichtung sehr vermissen. Sonst würde ich nicht Namen wie den des ehrwürdigen Hofpredigers Philipp Rosen = hagen darauf finden —

Lords
(außer Weymouth, der ingrimmig gesticulirt, lachen laut).

König

— oder gar die Hypothese, daß Junius gar nicht eine einzelne Person, sondern ein ganzes, aus Damen und Herren zusammengesetztes Collegium sei. —

Lords
(außer Weymouth, lachen noch lauter).

König.

Ich möchte beinahe sagen, mir wäre es lieber, Lord Weymouth, Junius wäre an Ihrer Stelle, und hätte die Aufgabe, Sie als Junius aufzuspüren. Ich glaube, er würde nach elf Monaten dem Ziel näher sein.

Lords (außer Weymouth, lachen laut).

Weymouth (sehr erregt).

Ich räume jedem Besseren meinen Platz, Majestät, stolz darauf, weder das erste noch das letzte Opfer des Junius zu sein, und empfehle mich Eurer Majestät.

(Rasch ab.)

Neunzehnte Scene.

Vorige ohne Weymouth.

König (zu Graf Talbot).

Holt ihn zurück, Mylord.

(Talbot ab.)

Zwanzigste Scene.

Vorige ohne Talbot.

Herzog von Grafton.

College Weymouth zeigt in diesen schlechten Zeiten eine Empfindlichkeit, über welche —

König.

Der Herzog von Grafton, trotz aller Angriffe des Junius, erhaben ist.

Lords (einschließlich Grafton's, lachen).

Einundzwanzigste Scene.

Vorige. Talbot (vorübergehend).

Talbot.

Lord Weymouth war bereits davongestürmt und nicht mehr zu erreichen. Dagegen übergab mir im Vorzimmer Philipp Francis, erster Clerk des Kriegsamts, soeben ein dringliches Billet von Lord Barrington.

(Ueberreicht es dem König.)

König (öffnet und überfliegt es).

Das Kriegsamt ist verwaist, Mylords. Lord Granby liegt schwer darnieder — boshafte Menschen sagen: „am Junius" — eine sehr verbreitete Krankheit dieser Zeit.

Lords (lachen).

König.

Lord Barrington ist gezwungen, das Bett zu hüten.
Sein vortragender Rath reist in Staatsgeschäften auf dem
Continent. Deshalb übersendet er Mir seinen ersten Clerk
zum Vortrag eines dringlichen Berichts. Er schätzt den
jungen Mann hoch, auch Lord Holland thut es. (Zum Hofmarschall Talbot.) Laßt ihn ein, Mylord.
(Hofmarschall ab.)

Da so Mr. Francis für den Staatssekretär des Kriegs
erscheint, entlasse ich Sie, Mylords, in Gnaden auf kurze
Zeit. Treten Sie inzwischen im Berathungszimmer zusammen, bis Ich Sie rufen lasse. (Entlassende Handbewegung
des Königs.)

Lords
(verbeugen sich tief). An der Thür begegnen sie, unter Vortritt des Hof-
marschalls, Francis. Verbeugung der Abgehenden mit ihm.
(Lords ab.)

Zweiundzwanzigste Scene.

König. Francis
(in der blauen Uniform der berittenen Garde).
Hofmarschall **Talbot** (vorübergehend).

Talbot.

Mr. Philipp Francis.

König
(winkt Talbot, sich zurückzuziehen).
(Talbot ab.)

Francis
(tritt dem König gegenüber, tiefste Verbeugung).

Eure Königliche Majestät haben geruht.

König.

Man kniet vor mir, wenn man Bericht erstattet.

Francis.

Sire, bis heute kniet' ich nur vor meinem Gott!

König.

Ich bin sein Stellvertreter in Britannien. Lord Chatam selbst hat stets sein Knie gebeugt, wenn er mir Staatsgeschäfte vortrug.

Francis
(während er den Bericht herauszieht, bei Seite).

Lord Chatam selbst — und gleichwohl blieb er Chatam! — (Laut zum König, indem er das Knie beugt.) Sire, vergeben Sie, wenn ich, ein Fremdling bei Hofe, ehrwürdige Gebräuche verletzte, denen sich die Besten des Landes beugen!

König.

Ihr seid ein stolzer junger Mann, Francis. Weniger Stolz wird Euch schneller vorwärts bringen. Ich liebe die steifen Nacken nicht, Francis; sie sind in meinem Königreich in den neun Jahren meiner Regierung bereits selten geworden.

Francis.

Sehr selten, Majestät.

König.

Ihr sagt das, als ob Ihr dächtet, daß es Euch leid sei.

Francis.

Ich denke gar nichts, Sire. Dazu bin ich viel zu unbedeutend. Ich vollziehe die Befehle, die ich erhalte, und verwende die geringen Gaben, die mir Gott verliehen hat, auf die Erfüllung meiner Dienstpflichten.

König.

So gefällt Ihr mir, Francis. Was hat Lord Bar=
rington durch Euch zu melden? Erhebt Euch, Sir.

(Francis erhebt sich.)

Francis.

In dieser Denkschrift, Sire, lenkt Seine Lordschaft Ihre
Aufmerksamkeit auf die Folgen der höchst betrübenden Vor=
gänge in Boston. Die Dinge erheischen dort nach Ansicht
Seiner Herrlichkeit die Entfaltung größerer Streitkräfte.
England selbst hat deren nicht genug bereit, wenn in den
Kolonien Nordamerika's wirklich die Anwendung von
Waffengewalt nöthig wäre, die Dinge einem förmlichen
Kriege — einem Bürgerkriege, einem Kriege von Eng=
ländern gegen Engländer, Majestät — entgegentrieben.
Zudem schmerzt den edeln Lord der Gedanke, daß solchen=
falls Englisches Blut von Engländern vergossen werden
sollte. Er empfiehlt daher die Anwerbung einiger Regi=
menter im Ausland.

König.

Vortrefflich — aber wo?

Francis.

In Deutschland, Sire.

König.

In Deutschland — wo in Deutschland, Francis? —
In Preußen werben wir nicht Einen Mann. Hier hat
König Friedrich, den sie schon jetzt mit Recht den Großen
nennen, seinem Volke eine so hohe und hingebende Vater=
landsliebe eingeflößt, daß kein Preuße mehr für fremde
Händel und Fürsten sein Blut verkaufen wird. Und be=
reits richten sich die Augen aller Deutschen auf den großen
König, Francis. In meinem Kurfürstenthum Hannover,

Gott sei's geklagt, hat schon zu meines hochseligen Groß=
vaters Zeiten der preußische Werber für den preußischen
Soldatenkönig reiche Beute geholt. Heute laufen meine
Unterthanen freiwillig dem preußischen Friedrich zu, der
eine Welt in Waffen überwand. Wo in Deutschland will
der edle Lord denn für mich werben?

Francis.

In Kurhessen, Majestät — d. h. werben will er eigent=
lich nicht.

König.

Wie soll ich das verstehen?

Francis.

Er will Seine kurfürstliche Durchlaucht für uns das
Werbegeschäft besorgen lassen.

König.

Der Kurfürst wird ein ungestümer Werber sein, Francis.
Er wird seine Landeskinder in unsre rothen Röcke pressen,
ob sie wollen oder nicht.

Francis.

Das ist auch die Meinung Seiner Herrlichkeit, des
edeln Lords Barrington.

König.

Ha, ha, Seine Lordschaft kennt ihn also auch, den
strengen Herrn von Hessen. Aber welche Gegendienste
würde Seine kurfürstliche Durchlaucht von uns verlangen?

Francis.

Gegendienste, Sire? — (Mit schneidendem Hohn.) Sie ver=
kennen den höchst edeln Fürsten. Er verlangt nichts als
Geld für das Blut seiner Landeskinder, viel Geld, Sire,
denn er schätzt seine Hessen sehr hoch. Er fordert tausend

Thaler für ein Hessenkind, und Seine Lordschaft meint, der Preis sei angemessen.

König.

Ihr sagt das so bitter, Francis, als ob Ihr den Vorschlag Eures edeln Chefs nicht schön fändet.

Francis.

Nicht schön, Sire? (Er bekämpft gewaltsam seine Erregung, demüthig.) Ich nehme mir nicht heraus, irgend einen Vorschlag meines Vorgesetzten schön oder nicht schön zu finden. Ich bin nur das Sprachrohr, das vom Bette des edeln Lords an das Ohr meines gnädigsten Königs reicht.

König.

Was würdet Ihr über den Vorschlag Seiner Lordschaft sagen, wenn Ihr gefragt würdet?

Francis.

Ich kann mir diesen Fall nicht denken, Sire.

König.

Wenn ich nun befehle, daß Ihr ihn denken sollt?

Francis.

Dann würde ich antworten: Sire, Philipp Francis ist nur der erste Clerk Ihres Kriegsstaatssekretärs. Welchen Werth könnte die Meinung eines Clerk für Eure Majestät haben?

König.

Brav, Francis, bescheiden und taktvoll. Und doch läge mir viel daran, die Meinung Anderer, außer derjenigen meiner Minister, zu hören.

Francis.
(Vor dem Könige wieder das Knie beugend. Warm.)

Den besten Rathgeber trägt Eure Majestät in Sich, in Ihrem großen königlichen Herzen.

König.

Ach, mein Herz hat mich so oft betrogen, Francis. Meine Mutter, Lord Bute, Lord Holland, meine Minister haben mir so oft bewiesen, daß mein Herz mich täuschte und mein Gewissen sich hochverrätherischer Umtriebe schuldig machte!

(Heftige Schritte draußen. Stimmen.)

Francis
(sich erhebend und nach dem Geräusch zugewendet, bei Seite).

— Daß der König nicht mehr weiß, wer ihn betrügt, sein Herz oder seine Rathgeber!

Dreiundzwanzigste Scene.

Vorige. Hofmarschall (vorübergehend). **Lord Holland.**

Hofmarschall.

Seine Herrlichkeit Lord Holland, Sire.

Lord Holland
(in großer Aufregung, eine Nummer des „Public Advertiser" in der Hand).

Vergebung, Majestät, wenn ich fast unangemeldet hereinstürze! Aber das ist zu entsetzlich, himmelschreiend! Ein neuer Junius ([23]), ein hochverrätherischer Brief an Ihre eigene geheiligte Person, Majestät. Dieser furchtbare Brief kann Eurer Majestät unmöglich verborgen bleiben. Ihr treuester Unterthan muß auch der erste sein, der Ihnen die unheimliche Kunde bringt. Wenn Felonie und Aufruhr gepredigt werden, soll die Stimme treuer Diener Ihrem Ohre um so näher sein.

(Er kniet nieder und überreicht dem König das Blatt.)

König.

Habt Dank, Lord Holland, für diesen neuen Beweis hingebender Freundschaft. (Reicht ihm die Hand, die Holland küßt, und nimmt das Blatt entgegen. Mit erzwungener Heiterkeit.) Laßt sehen, was der Mann mit der undurchdringlichen Maske mir zu schreiben hat.

Francis
(seit Eintritt Lord Holland's aufmerksamer Beobachter der Scene, tritt dicht vor den König, bemüthig).

Geruhen Eure Majestät, mich zu meinen Geschäften zu entlassen?

König.
O wartet noch, wir reden weiter von Lord Barring=ton's Projekt. Ich werde wohl diesen Junius gleich über=standen haben!

Lord Holland
(der erst jetzt Francis gewahrt, drückt diesem die Hand und wendet dann sein Auge dem König zu).

Francis
(tritt, nach Verneigung vor dem König und Holland einige Schritte nach rechts zurück).

König (finster in das Blatt blickend, plötzlich).
Am besten ist's, Sie lesen mir vor, Lord Holland.

Lord Holland.
Wenn Sie befehlen, Sire, will ich das Schwere thun.

König (nickt und reicht ihm das Blatt).

(Stellung: links der König, das Haupt auf die linke Hand gestützt, das Gesicht Lord Holland nicht zugewendet, sondern nach links in die Luft blickend. Lord Holland nahe dem königlichen Lager, weiter rechts, sich auf einen Armstuhl niederlassend, das Gesicht dem König, den Rücken gegen Francis gewendet. Francis, einige Schritte weiter rechts, das Gesicht des Königs eifrig beobachtend, von dem König und Lord Holland unbemerkt.)

Lord Holland.
Ich bitte im Voraus um Verzeihung, Sire, für jedes kränkende Wort aus Junius' Feder, das ich auf Ihren Befehl sprechen muß.

8

König (nickt und winkt herablassend).

Lord Holland.

„Sire" — schreibt Junius — „Es ist das Unglück
Ihres Lebens und die eigentliche Ursache jedes Vorwurfes
und jeder Noth, welche Ihre Regierung erfahren hat, daß
Sie nie früher mit der Wahrheit bekannt werden sollten,
als bis Sie in den Klagen Ihres Volkes sie vernahmen.
Wir sind weit entfernt davon, Sie eines directen, über=
legten Vorsatzes für fähig zu halten, die ursprünglichen
Rechte Ihrer Unterthanen anzugreifen, von welchen alle
ihre bürgerlichen und politischen Freiheiten abhängen. Die
Lehre, welche unsere Gesetze einprägen, daß der König kein
Unrecht thun könne, wird ohne Widerstreben zugegeben.
Wir unterscheiden den liebenswürdigen, gut gearteten Fürsten
von der Thorheit und dem Verrath seiner Diener und
die Privattugenden des Mannes von den Fehlern seiner
Regierung.

König.

Der Mann ist eigentlich gegen mich nicht gerade un=
höflich, Lord Holland.

Lord Holland.

Eure Majestät geruhen in Ihren Ansprüchen überaus
bescheiden zu sein. Hören Sie das Folgende:

„Sie bestiegen den Thron mit dem erklärten, und ich
zweifle nicht, aufrichtigen Entschluß, Ihren Unterthanen
eine allgemeine Befriedigung zu gewähren. Sie fanden
diese erfreut über die Erscheinung eines jungen Fürsten,
dessen Haltung selbst mehr versprach als seine Worte, und
sie waren Ihnen ergeben, Sire, nicht nur aus Prinzip,
sondern aus Neigung. Dies war kein kalter Ausdruck der
Huldigung gegen den ersten Diener des Staates, sondern

eine theilnehmende lebhafte Anhänglichkeit an einen Lieb=
lingsprinzen, den Sohn ihres Vaterlandes."

König.

So liebenswürdig hat Junius noch nie geschrieben.

Lord Holland.

Das ist ein flüchtiger Lichtblick, Majestät. Junius
fährt fort: „So Sire, war einst die Stimmung Ihres
Volkes, welches jetzt Ihren Thron mit Vorwürfen und
Klagen umgiebt. Seien Sie gerecht gegen Sich Selbst.
Verbannen Sie aus Ihrem Geist diese unwürdigen Mei=
nungen, womit gewisse interessirte Personen sich bemüht
haben, Sie einzunehmen. Entziehen Sie Ihr Vertrauen
gleichmäßig den Ministern, den Günstlingen, den Coterien,
und lassen Sie einen Augenblick in Ihrem Leben zu, wo
Sie Ihren eigenen Verstand zu Rathe gezogen haben."

König.

Das ist minder höflich, Mylord.

Lord Holland.

Gewiß. Und weiter schreibt Junius: „Als Sie den
Thron bestiegen, wurde das ganze Regierungssystem ge=
ändert, nicht aus Weisheit oder Ueberlegung" —

König.

Sondern —

Lord Holland.

— „sondern weil es das System Ihres Vorgängers
war. Ein kleinliches persönliches Motiv von Verletztheit
und Empfindlichkeit reichte hin, die geschicktesten Diener
der Krone zu entfernen. Aber in diesem Lande,
Sire, können solche Männer nicht entehrt

8*

werden. Sie sind entlassen, aber sie konnten nicht um ihr Ansehn gebracht werden."

König.

Das trifft mich gar nicht, Mylord — und soll mich auch gar nicht treffen. Junius beschuldigt meine Rath= geber und Minister, mir die Liebe des Volkes entfremdet und die „geschicktesten Diener der Krone entfernt zu haben". Wie ist es damit, Lord Holland? Ihr gehörtet zu diesen Rathgebern.

Francis (bei Seite).

Der Brief beginnt zu wirken! Die Wahrheit wirft ihren ersten Strahl in das Herz des Königs!

Lord Holland.

Ihre Frage ist furchtbar hart, Sire. Wie soll ich mich auf eine so allgemeine Anklage vertheidigen? Auch ist mein Name unter den Rathgebern, die Eurer Majestät nach Junius' Ansicht Uebles riethen, nicht genannt — so wenig wie bisher in irgend einem seiner Briefe.

König.

Das ist wahr — verzeiht Mylord.

Francis (leise).

Beide scheinen die Briefe des Junius sehr genau zu lesen.

Lord Holland.

Ich bilde mir auf die Gunst des Junius nicht das Geringste ein, Sire. Ich ertheilte Eurer Majestät meinen Rath, ohne zu ahnen, daß dieser Rath der einzige sein werde, der Junius' Zorn nicht herausforderte. Aber dennoch empfehle ich Eurer Majestät den Brief von einem noch Unparteiischeren zu Ende lesen zu lassen, als ich bin, z. B. von Mr. Francis.

Francis (leise).

Ich — noch unparteiischer! Wunderbare Fügung, wenn ich diesen Brief dem König lesen dürfte!

Lord Holland (zu Francis gewendet).

Ihr scheint verwirrt, und tragt doch so gut vor. (Zum König.) Er ringt unter der Last der Aufgabe, die ihm gestellt wird: mit seinem loyalen Herzen Eurer Majestät Beleidigungen in's Antlitz zu sagen. Seine Loyalität wird aber aus dieser Prüfung nur gestärkt hervorgehen.

Francis (in tiefer Bewegung).

— Nur gestärkt hervorgehen! Gott steh' mir bei!

König.

So lest denn, Francis.

Francis
(immer noch tief bewegt, tritt zu Lord Holland).

Wo soll ich beginnen?

Lord Holland.

Mit Verlaub Eurer Majestät mag das Detail des Briefes überschlagen werden.

König.

Was nennt Ihr das Detail, Lord Holland?

Lord Holland.

Alle Vorwürfe, die Junius gegen einzelne Handlungen Ihrer Regierung vorbringt. Ueber Ihre ganze äußere und innere Politik, Sire, sitzt Junius zu Gericht mit der angemaßten Würde eines Richters, der bei der Welt= geschichte angestellt ist.

König.

Ich hasse das Detail, Lord Holland.

Francis (beforgt).

Ich soll das Alles überschlagen, Sire?

König.

Ich werde es für mich lesen.

Francis (bei Seite).

Vielleicht am Tage des Jüngsten Gerichts! (Laut zu Holland.) Zeigen Sie mir, wo ich beginnen soll?

Lord Holland
(zeigt ihm die Stelle und überläßt ihm das Blatt).

Francis.

Beliebt es Eurer Majestät, mich anzuhören?

König.

Beginnt!

(Stellung wie oben. Nur Francis näher bem König, dicht hinter bem Stuhl Holland's. Weder der König noch Holland sehen sein Gesicht.)

Francis.

Ich mache denselben Vorbehalt, Sire, wie der edle Lord. (Groß.) Junius spricht zu Ihrer Majestät.

König (lächelnd).

Junius, nicht Francis, ich weiß schon.

Francis.

— Junius spricht: „Sie haben noch eine sehr ehren=
werthe Rolle zu spielen, Sire. Die Liebe Ihrer Unter=
thanen kann noch wieder erobert werden. Aber ehe Sie
ihre Herzen unterwerfen, müssen Sie einen edeln Sieg
über Ihr eigenes feiern. Legen Sie diese kleinen per=
sönlichen Empfindlichkeiten, welche Ihr öffentliches Betragen
zu lange geleitet haben, ab. Erlassen Sie Wilkes den
Rest seiner Strafe. Er wird sehr bald in seine natürliche
Stellung zurückfallen. Der sanfte Hauch des Friedens

würde ihn vernachlässigt und unbewegt auf der Oberfläche erhalten. Es ist nur der Sturm, der ihn aus seiner Stellung reißt."

König.

Holland, der Mann hat nicht so Unrecht.

Lord Holland.

Hören Sie ihn weiter, Sire.

Francis.

„Ohne Ihren Minister um Rath zu fragen, rufen Sie Ihr ganzes Conseil zusammen. Lassen Sie das Publikum wissen, daß Sie selbst beschließen und handeln können."

König.

Wagt man das zu drucken, Francis?

Francis.

Es scheint so, Sire, hier steht es Schwarz auf Weiß! „Sagen Sie dem Volke", schreibt Junius weiter, „daß Sie Ihr Vertrauen Niemand schenken· wollen, der nicht das Vertrauen Ihres Volkes besitzt und daß Sie es durch eine Neuwahl darüber entscheiden lassen wollen, ob das Parlament die Rechte des Volkes willkürlich verletzt und die Verfassung verrathen hat."

König (sehr erregt).

Greift das nicht in die höchsten Rechte meiner Krone? (Er hat sich erhoben und schwankt einige Schritte nach links, mit der Linken einen Stuhlrand fassend, mit der Rechten wiederholt ein Taschentuch an seine Stirne führend.) Und dennoch habe ich noch nie eine Sprache gehört, die mich so tief erschütterte! — — Weiter — Francis.

Francis.

„Das Volk von England ist dem Hause Hannover treu aus der Ueberzeugung, daß dieses Haus den Thron

besteigen mußte, um die bürgerlichen und religiösen Frei=
heiten Englands aufrecht zu erhalten. Wir können uns
aber nicht lange durch den bloßen Namensunterschied
täuschen lassen. Nur der Name der Stuarts ist veräcdt=
lich. Bewaffnet mit der königlichen Gewalt sind ihre
Grundsätze furchtbar. Der Fürst, welcher ihr Betragen
nachahmt, sollte durch ihr Beispiel gewarnt werden" —

König
(sinkt in den Stuhl und athmet schwer). —

Francis.

— „und während er sich mit Sicherheit seines An=
spruchs auf die Krone brüstet, sollte er sich erinnern: wie
sie durch eine **Revolution** gewonnen wurde, so kann sie
durch eine andere verloren gehen!"

König
(in größter Aufregung, sprachlos, gegen den Vorderrand der Bühne zu=
schreitend).

Lord Holland und **Francis**
treten ihm näher, um ihn zu stützen.

König.

Ist das Hochverrath? Oder — ist es die Stimme
des reinsten aller Herzen, die mich lieben? — Ich will
klar sehen! — (Klingelt.)

Siebenundzwanzigste Scene.
Vorige. Hofchargen.

Hofchargen (hereinstürzend).

Zu Befehl, Majestät.

König
(zu Francis und Holland, entschlossen, aber leiser).

Junius soll seinen Willen haben!

Lord Holland
(leiser zum König, bekümmert mit gefalteten Händen).

Francis
(leiser zum König, freudig erregt, gleichzeitig).

} Sie wollten,
Majestät?!

König (leiser zu den Beiden).

Ich will — ja. (Laut zu den Hofchargen.) Ich lade meine Minister zur Berathung. Die Führer der Opposition im Parlament: Edmund Burke, Oberst Barré, John Calcraft, Yorke — sind sofort zu mir zu entbieten. Man hole sie in meinen königlichen Equipagen ab.

Hofchargen (verbeugen sich, ab).

König.
Ich werde sie Alle hören und entscheiden.

(Vorhang fällt.)

IV. Akt.

(Zeit: 1770).

Scene: Zimmer Mansfield's in Westminster. Rechts ein Fenster, das geöffnet werden kann.

Erste Scene.

Grafton. **Mansfield**, in der Amtstracht des Lordoberrichters, Allongeperrücke, Talar (in eifrigem Gespräch).

Grafton (ausgelassen).

Hahaha! Noch immer denke ich mit Vergnügen an die Audienz, die Seine Majestät neulich den Führern der Opposition des Unterhauses gewährte, unter dem wunderbaren Eindruck, den der infame Brief des Junius auf Seine Majestät machte. O Mansfield, der ganze diesjährige Karneval wird kein so komisches Bild mehr liefern! Wie der pathetische Burke vor den König hintrat (er ahmt Burke in Bewegung und Sprache nach) und also anhub: „Woher kommt es denn, daß dieser Junius, der mächtige Eber des Waldes, durch alle Spinnweben und Netze des Gesetzes bricht?" — Burke's angebeteter Junius ein Wildschwein! Es war unsäglich komisch!

Mansfield (lachend).

Allerdings. Und wie furchtbar rächte sich dieser wahnsinnige Brief des Junius —

Grafton.

Indem der König beschloß, Mr. Woodfall wegen Majestätsbeleidigung verfolgen zu lassen —

Mansfield.

Und Lord Camden seine Entlassung gab.

Grafton.

Ich konnte diesen süßlichen Tugendreiter schon lange nicht mehr ausstehen.

Mansfield.

Ich auch nicht.

Grafton.

Camden war der letzte Sproß aus der Zeit, da Lord Chatam mit seinen sogenannten Ideen uns beherrschte. Mit Camden's Ausscheiden ist das Ministerium erst streng königlich geworden, so recht aus einem Gusse.

Mansfield (Grafton die Hand reichend).

So recht aus einem Gusse! Ein würdiges Collegium Gleichgesinnter!

Grafton.

Meine Hand darauf, Mylord! Wir werden uns nie trennen.

Mansfield.

Niemals!

Grafton.

Und wie werden die Liberalen toben, wenn sie hören, daß Einer der ihrigen, Yorke, das große Siegel Lord Camden's übernommen hat und sich vom König hat adeln lassen. (²⁴)

Mansfield.

Ach, ich möchte jetzt die langen Gesichter dieser lang= weiligen politischen Puritaner sehen, den galligen Calcraft, den bilderreichen Burke und den heiligen Barré. Sie müssen doch eine Spur von Empfindung davon haben, daß die Fahnenflucht Yorke's ihnen den Todesstoß versetzt.

Grafton.

Nein, Mylord, dieser Todesstoß ist Ihnen vorbehalten. Sie werden das wilde Borstenvieh Burke's, den Junius, abstechen, indem Sie mit Ihrer unübertrefflichen Kunst, Recht zu sprechen, Woodfall verurtheilen lassen. Wenn Woodfall mit hoher Geldstrafe, mit dem Pranger und gar mit Kerker gebüßt wird, dann wird er Junius niemals wieder eine Zeile in sein Blatt schreiben lassen. Dann ist auch Wilkes unschädlich, wenn er in den nächsten Tagen wieder frei wird. Sie hegen doch keinen Zweifel, daß die Geschworenen Woodfall verurtheilen?

Mansfield.

Nicht den geringsten. Ich erwarte, jeden Augenblick in den Sitzungssaal zurückgerufen zu werden, um ihren Wahr=spruch entgegenzunehmen. Sie berathen seit einer Stunde.

Grafton.

Ich kam hierher, um diesen großen Triumph aus Ihrem eigenen Munde zu vernehmen.

Zweite Scene.
Vorige. Lord North (später Diener, vorübergehend).

Lord North (in größter Bestürzung und Aufregung).

Sie scheinen das Gräßliche noch nicht zu wissen, Mylords?

Mansfield.

Das Gräßliche — was meinen Sie, Mylord?

Grafton.

Wir haben uns nie wohler gefühlt, als eben jetzt.

Lord North

(faßt Grafton und Mansfield am Arm, so daß er in der Mitte steht, und führt sie an den Vorderrand der Bühne; dann mit gedämpfter, bebender Stimme zu Beiden).

Lord Yorke hat sich — entleibt, Mylords! (²⁵)

Grafton und Mansfield (gleichzeitig).

Unmöglich. Entsetzlich! Weshalb?

Lord North.

Auf dem Tische, neben dem Yorke's Leiche gefunden wurde, lag ein letzter Zettel von seiner Hand. Darin stand geschrieben, Yorke schäme sich so sehr vor sich selbst und seinen Freunden, in das Ministerium Grafton getreten zu sein, daß ihm nur noch der Selbstmord übrig bleibe.

Mansfield (ernst).

Requiescat in pace!

Grafton (frivol).

Pah! Das sind Redensarten. Sentimentale Redensarten, Mylords.

North.

Herr Herzog, dieser Ton steht Ihnen übel an. Ihr Name und Ihr Ruf, wie ihn Junius für das englische Volk unabänderlich gekennzeichnet hat, haben den edlen Yorke in den Tod getrieben. Sie sind deshalb dem König und seiner Regierung schuldig, das Sühnopfer darzubringen, welches allein uns davor schützen kann, daß unsere Gegner aus dem Rücktritt Camden's und dem Selbstmord Yorke's Kräfte ziehen, denen wir nicht gewachsen sind.

Grafton (mürrisch).

Worin soll dieses Sühnopfer bestehen?

North (fest).

In Ihrem Rücktritt, Mylord!

Grafton.

Wie, Sie wollten mich Junius opfern?

North.

Trösten Sie sich mit Lord Weymouth. Sie sind weder das erste noch das letzte Opfer, das Junius fordert. Sie müssen es bringen.

Mansfield.

Das meine ich auch, Herr Herzog.

Grafton (höhnisch).

So, das meinen Sie auch? Und vor wenigen Minuten gelobten Sie mir, sich niemals von mir zu trennen.

Mansfield.

Ich meinte nur, so lange wir im Interesse unserer gemeinsamen Sache zusammen gehen könnten. Aber der Fall liegt nicht mehr vor.

Grafton.

So? — liegt nicht mehr vor? Glauben Sie, daß Junius, der mir nach Lord North's Meinung den Garaus machen soll, Sie um ein Jota höher schätzt als mich? Gegen Sie und Ihresgleichen Herr Lord — Oberrichter schreibt Junius: „Zur Vertheidigung der Wahrheit, des Gesetzes und der Vernunft kann man des Doctors Buch getrost zu Rathe ziehen. Aber wer einen Nachbar um sein Gut betrügen oder ein Land seiner Rechte berauben will, braucht sich nicht zu bedenken, den Doctor selbst um Rath zu fragen." (²⁶) Kommen Sie sich nun immer noch besser vor, als ich, Mylord Oberrichter?

North (gebietend).

Kein Wort weiter zwischen Ihnen.

(Diener tritt eilig vor Lord Mansfield.)

Diener.

Die Geschworenen ersuchen Eure Herrlichkeit, den Wahrspruch, den sie schöpften, entgegenzunehmen.

Mansfield.

Ich erscheine sofort.

(Diener ab.)

Grafton (zu Lord Mansfield).

Sie werden mit mir stehen oder fallen!

Mansfield (im Gehen).

Das wird der Erfolg lehren.

(Mansfield ab.)

Dritte Scene.

Grafton. North.

North.

Ihr Rücktritt duldet in der That keinen längeren Aufschub.

Grafton.

Darüber werde ich des Königs Meinung einholen.

North.

Das habe ich schon besorgt. Der König denkt ganz wie ich.

Grafton (geringschätzig).

Er denkt immer wie der letzte Rathgeber, der zu ihm sprach. Das läßt sich ändern, zumal wenn Woodfall

verurtheilt wird. Dann werden die Schreier gegen meine
Regierung verstummen.

North.

Ich fürchte, Sie werden am Prozesse gegen Woodfall
wenig Freude erleben, Herr Herzog.

Grafton.

Wie? — Trotz Lord Mansfield?

North.

Trotz Lord Mansfield. Ich war in der Gerichtssitzung,
bis ich hierherkam. Die Geschworenen lauschten begeistert
auf Woodfall's Vertheidiger, als dieser ihnen die Briefe
des Junius gegen die Rechtsansichten Mansfield's vortrug.
Mit Hohn und Trotz im Antlitz verfolgten die Geschworenen
dagegen die Rechtsbelehrung, die ihnen Mansfield über
das Schuldig gegen Woodfall ertheilte. Dann zogen sie
sich mit eisigem Schweigen und vielsagendem Kopfschütteln
zurück. Ich fürchte das Schlimmste.

Grafton (frivol und boshaft).

Das Schlimmste? Sie meinen die Freisprechung
Woodfall's? —

North.

Allerdings. —

Grafton.

Sie wäre auch in meinen Augen bis vor wenig
Minuten das denkbar Schlimmste gewesen. Aber nun soll
sie mich wahrhaft freuen! Dann stürzt Lord Mansfield
mit mir, und Ihre Lordschaft selbst (zu North) mag zu=
sehen, wie sie dann mit diesen üppigen siegreichen Volks=
tribunen Junius und Woodfall fertig wird!

Vierte Scene.
Vorige. Mansfield.

Mansfield (aufgeregt hereinstürzend).

Es giebt kein Recht in England mehr!
(Sinkt erschöpft in einen Stuhl.)
(Rufe von der Straße: Hoch Woodfall! Hoch Junius!)

North.

Ich habe richtig geahnt.

Grafton (zu Mansfield mit erheucheltem Beileid).

Was erregt den edlen Lord so sehr?
(Die Rufe von der Straße wiederholen sich.)

Mansfield.

Woodfall ist freigesprochen! (²⁷)

North (bekümmert).
Grafton (heiter). } Freigesprochen?

Mansfield.

Freigesprochen! — Was ist nun zu thun?

Grafton (zu Mansfield, leichtfertig).

Was nun zu thun ist? Was mir Lord North
allein rieth. Wir — Sie und ich, entsagen nun ge=
meinsam unseren Aemtern, Mylord. Sie wollten Sich ja
ohnehin niemals von mir trennen.
(Man hört von der Straße den vielstimmigen lauten Ruf: „Hoch Woodfall!
Hoch Junius! Nieder mit Lord Mansfield!")

Grafton
(reißt das Fenster zur Rechten auf, gegen North und Mansfield sprechend).

Sie tragen Woodfall auf den Schultern nach Hause.
Der Haufe schwillt zu Tausenden an!
(Brausender, einstimmiger Ruf von unten: „Nieder mit dem Herzog von
Grafton!")

Da schießt die Saat des Junius in's Kraut! (Zu North.)

9

Sehen Sie zu, Mylord, ob Sie ihrer besser Herr werden, als ich und Mansfield!

(Zwischenvorhang fällt.)

———————

Verwandlung.

Empfangszimmer im Hause des Lord Mayor von London. Durchblicke nach größeren Räumen (Sälen) durch die Bogen und die Thüre der Rückwand des Zimmers, wie bei der Decoration des 1. Aktes. Alles ist festlich erleuchtet.

Maskenball. In den Sälen, in die man von dem vorderen Theile der Bühne aus blicken kann, herrscht während der folgenden Scenen ein bewegtes Treiben von Masken aller Art.

Fünfte Scene.

Lordmayor Beckford, in Amtstracht, ohne Maske. **Wilkes, Woodfall** in Domino, ohne Maske. **Portia** und **Grace,** als Römerinnen, die Maske in der Hand.

Lordmayor (zu Wilkes).

Herzlich und tausendmal willkommen, lieber Freund, in der Sonne der Freiheit! Wie seltsam fügt es sich, daß Ihre Freilassung und meine Wahl zum Lordmayor fast gleichzeitig stattfanden (²⁸), so daß ich das Fest des Lordmayor's London geben kann zugleich als Freudenfest für die Befreiung seines Abgeordneten.

Wilkes (selbstbewußt).

London wird es auch so feiern, ja noch bedeutsamer: als das Geburtsfest einer neuen Zeit. Es weht ein anderer Geist in London, Freunde, als da die Kerkerpforten vor zwei Jahren sich hinter mir schlossen.

Woodfall.

Die Machthaber, die Ihnen die Freiheit nahmen, sind von dem Verhängniß der eigenen Schuld und Niedertracht ereilt worden.

Lordmayor.

Der Herzog von Grafton vertrauert seinen Sturz auf seinen verschuldeten Gütern. Und Lord Mansfield wagt sich seit Ihrer Freisprechung, Woodfall, weder bei Hofe, noch sonstwo in London blicken zu lassen. Junius und Ihr tapferes Blatt haben die Feinde der Verfassung und Freiheit Englands zu Boden gestreckt!

Lordmayor.

Aber vergessen wir über der Freude, die unsere Herzen erfüllt, nicht unsere Pflichten gegen die Damen, Gentlemen. (Zu Grace und Portia.) Sie sind nicht hierher gekommen, um Politik zu hören — sondern um zu tanzen, nicht wahr? Ich werde Sie in den Ballsaal führen.

(Reicht Grace die rechte und Portia die linke Hand, und führt sie durch die Mittelthüre ab. Musik in der Ferne. Auch während der folgenden Scenen in Zwischenräumen; sie darf den Dialog nicht unverständlich machen.)

Sechste Scene.

Wilkes. Woodfall.

Wilkes.

Rathen Sie, was ich auf meinem Schreibtische fand, als ich den ersten Schritt aus dem Gefängnisse in mein Heim that?

Woodfall.

Einen Strauß Ihrer Portia?

Wilkes.

Den auch. Aber noch eine weit köstlichere Gabe.

9*

Woodfall.

Nun?

Wilkes.

Einen Brief von Junius.

Woodfall.

Das war eine zarte Aufmerksamkeit des herrlichen
Mannes. Darf man wissen, was er Ihnen schrieb? ([29])

Wilkes.

Er spendete mir Anerkennung und Dank. Und dennoch
hatte er auch gegen mich seinen feinen Tadel. Er schrieb
mir: das beste Mittel, auch Würde neben Volksgunst zu
erlangen, sei: sich nicht so oft in den Straßen zu zeigen
und nicht mit Jedem sich gemein zu machen, wie es meine
Art sei.

Woodfall (lachend).

Das ist der echte Junius! Und er hat —

Wilkes.

Nicht so ganz Unrecht, wollen Sie sagen?

Woodfall.

Allerdings. Auch ich erhielt jüngst merkwürdige Briefe
von Junius.

Siebente Scene.

Vorige. **Burke** (schwarzer Domino, ohne Maske), **Grace** führend.
Calcraft (ebenso gekleidet), **Portia** führend.
Burke und **Calcraft** verbeugen sich gegen ihre Tänzerinnen, **Grace** und
Portia gegen die Herren. (Die **Damen** treten plaudernd bei Seite.)

Burke.

Wir sahen wohl ein Dutzend Juniusse im Ballsaal.
Alle in der Toga mit dem kurulischen Purpursaum. Ein
Jeder von ihnen hat eine Brieftafel an der Seite in einer

Tasche hängen oder hält die Tafel und einen Griffel in der Hand und schreibt Ihnen beliebig viele Juniusbriefe aus dem Stegreif.

Alle (lachen).

Calcraft.

Glücklicherweise brauchen wir diese Briefe nicht zu lesen. Auch fragt Niemand, wer sich hinter den Masken dieser Juniusse birgt. In einem von ihnen erkannte ich Se. Ehrwürden, den Herrn Armeeprediger Philipp Rosenhagen.

Wilkes.

Ist Junius schon in diesen Kreisen populär geworden?

Calcraft.

Seit Ihrer Freisprechung, Mr. Woodfall, ist es ja unbedenklich, in Junius' Toga umherzustolziren. Und es ist so süß, für eine Stunde seinen Ruhm zu borgen.

Wilkes (zu Woodfall).

Sie wollten uns von merkwürdigen Briefen des Junius erzählen, die Sie erhalten haben.

Woodfall.

Eigentlich nur Ihnen, aber (Burke und Calcraft anblickend) die Herren sind mir willkommen. Wir sprechen nicht das erste Mal über Junius zusammen.

Burke und **Calcraft.**

Nun was schrieb Junius?

Portia und **Grace** (treten wieder dicht an die Herren heran).

Woodfall.

Sie wissen, daß ich durch die zahlreichen Auflagen der im Entstehen gesammelten Briefe des Junius ein Vermögen gewonnen habe. Ich bot Junius die Hälfte dieses Gewinnes. Er lehnte jedes Honorar in Geld ab.

Burke und **Wilkes.**

Er steht über Allen unserer Zeit!

Calcraft (bei Seite).

Er hält sein Wort aufs Treueste. (Laut.) Wie begründete er diese Ablehnung?

Woodfall.

„Mit einem Manne wie Sie,“ schreibt er, „möchte ich gerne theilen. Ich aber stehe hoch erhaben über jeder Geldmühe. Und Niemand außer mir hat Anspruch auf Ihren Gewinn.“

Calcraft (halb für sich, sinnend).

Er ist so groß, wie ich ihn dachte!

Wilkes.

Wir, die wir den Werth des Geldes zu schätzen wissen, hätten Euch unbedenklich um die Hälfte Eures Reichthums erleichtert, Meister Woodfall.

Calcraft, Burke. Woodfall (lachen).

Wilkes.

Hat Junius gar nichts von Ihnen verlangt und angenommen?

Woodfall.

So gut wie nichts. Alles, was er sich ausbedang, war ein Exemplar seiner Briefe auf Velinpapier, so kostbar gebunden, als die Kunst unserer Buchbinder es fertig brächte. (30) Dieses Exemplar habe ich hier zur Stelle in der Garderobe. Denn es soll noch heut' Abend in Junius' Händen sein.

Alle.

Ach zeigen Sie's uns, Mr. Woodfall.

Woodfall.

Gern. (Eilt nach der Thüre links, durch die er verschwindet und gleich wiederkehrt).

Burke (während Woodfall's Entfernung).

Alle Reichthümer Indiens gäbe ich um das Glück, dem Manne die Hand zu reichen, dem dieses Buch zu eigen sein wird.

Wilkes.

Ich ließe auch noch meine Schulden um diesen Preis ab.

Alle (lachen).

Calcraft (vielsagend).

Vielleicht haben wir Alle schon Junius die Hand gereicht.

Burke.

Aber ohne Junius in ihm zu kennen!

Woodfall.

(Wieder erscheinend, hat ein verschließbares Kästchen in einer Papierhülle in der Hand. In diesem liegt ein schön gebundenes Buch in Großoctav. Er legt das Kästchen auf einen Tisch, nahe der Thür zur Garderobe, schließt das Kästchen auf und klappt es auseinander, so daß das Buch sichtbar wird.)

Hier ist das einzige Honorar, das Junius für seine Arbeit verlangte.

Alle
(haben sich um den Tisch gedrängt, der sammt dem Buche den Zuschauern sichtbar bleibt).

Wie schön, wie geschmackvoll!

Woodfall.

Ich betrachte das Buch nicht ohne Wehmuth.

(Er verschließt und umhüllt es wieder, steckt den Schlüssel in ein Couvert, das er verklebt und in die gemeinsame Papierhülle wickelt und verschnürt).

Alle.

Warum, Mr. Woodfall?

Achte Scene.

Rosenhagen (als Junius kostümirt). **Vorige.**

Rosenhagen

(tritt, die Maske in der Hand, von den Anderen unbemerkt, durch die Thüre von rechts auf, während Woodfall das Buch wieder verpackt; bei Seite).

Da scheint ja eine ganz interessante Gesellschaft bei=einander zu sein. (Legt die Maske an.)

Woodfall (zu den Uebrigen, laut).

Ich fürchte, Junius wird nicht mehr schreiben!

Alle.

Nicht mehr schreiben!

Rosenhagen (unbemerkt bei Seite).

Das würde meinen Plan ungemein begünstigen! (Schleicht sich lauschend näher und schmachtet dabei Portia an.)

Woodfall.

Sein letzter Brief an mich klingt wie ein Abschieds=brief: er schreibt mir, ich hätte mich nie gebeugt, und es werde ihn immer freuen, Gutes von mir zu hören. Aber nur, wenn es noth thue, werde er wieder auf den Platz treten!

Calcraft.

Ist dieser lauschende Junius nicht Rosenhagen? Fragen wir ihn selbst.

(**Rosenhagen** eiligst nach rechts ab. **Calcraft** und **Wilkes** folgen ihm schnell.)

Neunte Scene.

Woodfall. Burke. Grace. Portia.

Woodfall (mit dem Buch) mit **Burke** (langsam nach rechts vorschreitend).

Ja, ich fürchte, der Brief, in dem Junius heut Abend im „Public Advertiser" Lord Mansfield den Todesstoß gibt, wird für lange Zeit sein letzter sein. Doch ich muß Buch und Schlüssel eilig an die von Junius bestimmte Adresse befördern, ganz in der Nähe dieses Hauses. Er wartet gewiß schon darauf (wendet sich zum Gehen).

Burke (zu Grace und Portia).

Auf Wiedersehen, meine Damen.

Grace und **Portia** (verbeugen sich gegen die Herren). **Burke** und **Woodfall** ab.

Zehnte Scene.

Grace. Portia.

Portia.

Wie seltsam, Grace, daß ich D'Oyly noch nicht ge=
sehen habe. Er wollte auch als Junius kommen.

Grace.

Wer weiß, Du erkanntest ihn nur nicht unter all den
Juniussen, die sich heute hier Rendez=vous geben.

Portia.

Der letzte Junius, den Vater und Mr. Calcraft ver=
folgten, war gewiß D'Oyly. Er hatte ganz seine Gestalt
und seine Bewegungen. Er blickte mich auch so sehnsüchtig
an, wie D'Oyly.

Grace.

Laß ihn nur schmachten.

Portia.

Sahst Du Francis schon heut Abend? Ich denke, er
wird nicht weit von D'Oyly sein?

Grace.

Ich sah ihn noch nicht, Portia. Er wollte mir nicht sagen, in welchem Kostüm er erscheinen würde. Ich werde ihn aber doch erkennen. — Bleibe, liebe Portia, ich werde ihn allein suchen.

(Sie legt die Maske an, ab.)

Elfte Scene.

Portia. Rosenhagen

(als Junius maskirt, rasch aus der Garderobe links auf die Bühne fliehend).

Rosenhagen (bei Seite).

Ich bin ihnen doch entgangen!

Portia (auf ihn zueilend).

Endlich finde ich Dich, Geliebter!

Rosenhagen (sie umschlingend und an sich ziehend).

Süße Taube!

Portia (sich entziehend).

Diese Stimme ist nicht die D'Ohly's, und „süße Taube" sagt er auch nicht.

Rosenhagen.

Das sind Nebensachen. (Will sie wieder umarmen.) Warum sollte ich nicht Dein Geliebter sein?

Portia (reißt ihm im Ringen die Maske ab).

Pfui! — Mr. Rosenhagen! Ehrwürden kann man nicht mehr sagen nach solcher Begegnung.

(Flieht eilig nach rechts.)

Rosenhagen (ihr nacheilend).

Warum nicht, süße Taube?

(**Portia** verschwindet rechts.)

Sie ist noch recht scheu. Das gibt sich aber später.

(Hebt die ihm von Portia entrissene Maske auf und legt sie an.)

Nur Geduld! (Will ihr nacheilen.)

Zwölfte Scene.

Rosenhagen. Lord North (schwarzer Domino, ohne Maske, von rechts).

Lord North (mit Rosenhagen fast zusammenstoßend).

Schon wieder ein Junius! Schade, daß Lord Weymouth nicht hier ist. Er würde nicht viel weniger als seine fünfunddreißig Juniusse leibhaftig vor sich gesehen haben!

Rosenhagen (maskirt, salbungsvoll).

Und doch ist nur Einer der echte! (³¹)

Lord North.

Aber der Mann sicherlich nicht, dem diese Stimme gehört.

Rosenhagen.

Wem gehört denn diese Stimme?

Lord North.

Dem ehrwürdigen Prediger Philipp Rosenhagen.

Rosenhagen (sich bemaskirend).

Allerdings. Warum sollte er nicht Junius sein?

Lord North (lachend).

Nein, Ehrwürden, dieser Gedanke ist zu verblüffend, als daß man dabei ernst bleiben könnte.

Rosenhagen.

Das Verblüffende ist der Kern des Juniusgeheimnisses, Mylord. Ich bin Junius!

North.

Wie wollen Sie das beweisen?

Rosenhagen.

Mit Leichtigkeit: sobald wir über den Preis einig sind, wird Junius nicht mehr schreiben.

North (überlegend und Rosenhagen scharf beobachtend).

Sobald wir über den Preis einig sind — hm.
(Thut einige nachdenkliche Schritte).

Rosenhagen (gleichzeitig bei Seite.)

Warum verrieth der brave Woodfall so leichtsinnig das Geheimniß, daß Junius nicht mehr schreiben werde! Ich werde eine schöne Summe daraus münzen!

North (laut zu Rosenhagen, forschend).

Was würden Eure Ehrwürden dafür fordern, daß Junius nicht mehr schriebe?

Rosenhagen.

Ich glaube, tausend Pfund jährlich sind nicht zu viel.

North.

Man könnte darüber reden. —

Dreizehnte Scene.

Vorige. Diener (des Lordmayor durch die Mitte).

Diener (zu Lord North).

Einer Ihrer Lakaien überbrachte dies an Eure Herr=lichkeit. (Ueberreicht einen Brief.)

Lord North
(nimmt den Brief in Empfang, zum Diener).

Gut.

Diener.

Seine Herrlichkeit, der Lordmayor, lassen zur Tafel bitten.

North.

Wir folgen sogleich.
(Diener ab. Der hintere Saal entleert sich von Gästen.)

Vierzehnte Scene.

North. Rosenhagen.

North.

Verzeiht, Ehrwürden, wenn ich sofort lese. Es scheint eilig. (Oeffnet das Couvert und entfaltet demselben eine Nummer des „Public Advertiser", verbirgt dieselbe vor Rosenhagen, weiter rechts vortretend. Lebhaftes Erstaunen malt sich in seinem Gesicht, bei Seite.) Ein neuer heftiger Angriff des Junius gegen Lord Mansfield.

Rosenhagen
(während North's Selbstgespräch, vergnügt bei Seite).

Das Geschäft mit Seiner Lordschaft kann so gut als abgeschlossen gelten. Ja, den Seinen gibt es der Herr im Schlafe!

North (bei Seite).

Wir werden gleich sehen, ob der ehrwürdige Herr die Wahrheit spricht! (Faltet das Blatt und verbirgt es an seiner Brust; dann laut, wieder gegen Rosenhagen gewendet.) Verzeihen Sie diese Unterbrechung in Ihrer hochinteressanten Eröffnung. Also für tausend Pfund jährlich würden Sie nicht länger als Junius schreiben?

Rosenhagen (pathetisch).

Keine Zeile mehr, Mylord.

North.

Und wann schrieben Sie den letzten Juniusbrief?

Rosenhagen (ausweichend).

Der letzte Juniusbrief erschien am Donnerstag. —

North.

Sie schrieben keinen Juniusbrief weiter? —

Rosenhagen (mißtrauisch und gekränkt).

Nein, Mylord — was soll diese Frage?

North.

Und hinterließen auch keinen früher geschriebenen Juniusbrief ungedruckt in Woodfall's Hand?

Rosenhagen.

Nein — Mylord — ich verfahre ganz ehrlich in solchen Geschäften.

North.

Gewiß, Ehrwürden, gewiß. — Aber dann muß — außer Ihnen noch ein anderer Junius existiren!

Rosenhagen (betroffen).

Außer mir — noch ein anderer Junius? — Sie scherzen wohl, Mylord — woraus schließen Sie das?

North
(kalt und sicher, das Blatt hervorziehend).

Aus diesem Blatte hier, Ehrwürden! (Reicht ihm das Blatt.) Darin steht an der Spitze ein neuer Junius= brief, den Sie nach Ihrer soeben abgegebenen Versicherung nicht geschrieben haben.

Rosenhagen
(stiert mit wachsender Verblüffung in das Blatt).

Das ist — das muß — das kann nur eine Mysti= fication sein, Mylord!
(Gibt das Blatt mit zitternder Hand an North zurück.)

North.

Ja wohl, Ehrwürden, das denke ich auch. Aber eine Mystification, die sich der echte Junius gerade zur rechten Zeit erlaubt, um zu hindern, daß ein scheinheiliger Be= trüger den Ruhm des Junius in einen erschlichenen Sündensold ausmünzt. Sie „verfahren ganz ehrlich in solchen Geschäften" — Adieu!
(Rasch durch die Mitte ab.)

Rosenhagen (ganz verblüfft).

Ich glaube, ich werde gut thun, einige Wochen von London zu verreisen — und zwar sofort.

(Rasch durch die Mitte ab.)

Fünfzehnte Scene.

Francis (als Hamlet), D'Oyly (als Junius), aus der Garderobe tretend.

D'Oyly.

Hätteft Du mich doch lieber als Hamlet gehen laffen. Es würde mir viel beffer stehen und auch meinem Charakter viel beffer zufagen.

Francis.

Freilich, es hätte fich prachtvoll ausgenommen, wenn Du die Damen mit „Sein oder Nichtfein" in Schrecken verfetzt oder ihnen verfichert hätteft:

„Es giebt mehr Ding' im Himmel und auf Erden,

Als Eure Schulweisheit Euch träumen läßt."

Schade, daß Shakespeare Dich nicht kannte, D'Oyly. Aber was Dein Koftüm anlangt, fo haft Du das beffere Theil erwählt. Du wirft Dein Glück darin machen, namentlich bei Mr. Wilkes.

D'Oyly.

Jawohl, es wird Zeit dazu. Zwei Stunden des Balles habe ich durch diefes heillofe Junius-Koftüm bereits verfcherzt. Der Schneider ließ mich fo lange warten, weil mein Junius-Koftüm das einundzwanzigfte fei, das er für heute Abend habe fertigen müffen. Worin foll nun da mein Glück liegen?

Francis.

Vertraue mir, D'Oyly. Du wirft es nicht bereuen. John Wilkes ift vernarrt in Junius. Gelingt es Dir,

daß er Dich für Junius hält, so ist Portia sofort die
Deine. Laß sehen, ob Alles an Dir in Ordnung ist.
(Er zupft an seiner Gewandung und legt ihm die Toga in groteske Falten.)
So ist es schön. Und nun nimmst Du Dein Schreib=
täfelchen in die Linke und den Griffel in die Rechte,
D'Ohly, so! — Du allein wirst für den echten Junius
gehalten werden. (Während D'Ohly steif wie eine Bildsäule dasteht,
schiebt Francis ihm ein Briefchen in die leere Brieftafeltasche.) So,
D'Ohly, nun geh' und suche Deine Portia. Ich werde
Grace suchen.

Beide
legen die Masken an und gehen durch die Mitte ab.

Sechzehnte Scene.
Wilkes. Portia. (Beide von rechts.)

Wilkes.

Denke Dir Portia: Junius, der echte wirkliche Junius
wird heute Abend im Kostüm des Junius hier anwesend
sein.

Portia.

Ach, Papa, glaube das nicht.

Wilkes.

Meinst Du, daß Junius Spott mit mir treibt?
Vorhin ließ er mir im Maskengewühl einen Brief zu=
stellen, der mich auf das große Ereigniß vorbereitet. Er
schreibt mir, ich solle den Junius suchen, der in der
Brieftasche eine Zeile in der mir bekannten Handschrift
des Junius tragen werde. Diese Zeile werde nur die
Worte enthalten: „Wilkes, hier bin ich."

Portia.

Deshalb tapptest Du wohl vorhin immer nach den
Brieftaschen der Juniusse?

Wilkes.

Allerdings, aber ich that es nicht blos aus Neugier.
Es gilt Dein Glück, Portia.

Portia (ängstlich).

Mein Glück, o Gott, wer will mir mein Glück
aufdrängen?

Wilkes.

Junius schreibt mir: Demjenigen, bei dem ich die
Zeile von seiner Hand finden werde, könne ich getrost
mein holdseliges Töchterchen zuführen.

Portia (erregt).

Das schreibt Junius an Dich, Papa? O glaube
das nicht! Das ist gewiß der dreiste Rosenhagen, der vorhin als Junius mich umarmen wollte!

Wilkes.

Du träumst wohl, mein Kind?

Portia.

Nein, leider nicht. Und wie käme Junius dazu, für
mein Glück zu sorgen? Ich bin doch nicht Altengland.

Siebzehnte Scene.

Vorige. D'Oyly
(maskirt, Griffel und Schreibtafel in der Hand, steif aus der Mitte schreitend).

Portia (bei Seite).

Das könnte D'Oyly sein. Das ist sein Schritt, seine
Gestalt!

D'Oyly
(seufzt kläglich durch die Maske und schreitet langsam auf Portia zu).

Wilkes (bei Seite).

Ein neuer Junius, vielleicht der echte! (Er macht sich,
während D'Oyly gravitätisch auf Portia zuschreitet, an dessen Brieftasche

und zieht das Billet heraus, das Francis vorhin eingesteckt hat. Er liest in großer Erregung das Papier. Sehr laut zu D'Oyly.) Junius! Junius! Theuerster Freund, zeigt mir Euer herrliches Antlitz!

D'Oyly (seufzend).

Sollte ich wirklich? —

Portia.

Er ist es.

Wilkes.

Ja, er ist es, er ist Junius, kein Anderer! Möge er sich uns zeigen.

D'Oyly (nimmt die Maske ab).

Hier bin ich!

Wilkes.

„Hier bin ich!" — Das ist ja das Losungswort!

Portia
(auf D'Oyly zueilend, seine Hand fassend).

D'Oyly! Ich erkannte ihn gleich!

Wilkes (sinnend).

D'Oyly — Junius! Wer hätte das gedacht! Und dennoch ist keine Täuschung mehr möglich! Ja, er ist Junius! Laßt Euch umarmen, junger Mann, und verzeiht, daß ich Euch so sehr verkannte.

D'Oyly.

Sie verkennen mich offenbar jetzt noch, Mr. Wilkes. Sie meinen, daß ich wirklich Junius sei? Ich weiß nicht, weshalb?

Wilkes (eifrig).

Ich weiß es, das genügt. Ich begreife, daß Sie Ihr Geheimniß diesen Wänden nicht anvertrauen wollen, D'Oyly. Ist auch nicht nöthig. D'Oyly, — Junius, liebst Du Portia wirklich?

D'Oyly.

Wie mein Leben —

Wilkes.

Kein Wort weiter. Sie ist Dein. Morgen soll die Hochzeit sein.

D'Oyly und **Portia** (umarmen sich).

D'Oyly (sich losreißend, zu Wilkes).

Aber ich bin —

Wilkes.

Nicht Junius, natürlich, kein Mensch darf das wissen! Aber kommt, Kinder, das Abendessen wartet auf uns; schon vor zehn Minuten ging Alles zur Tafel. (Er faßt D'Oyly links, Portia rechts unter den Arm und führt sie gegen die Mitte.)

Portia (gegen D'Oyly rufend).

Solche Verstellungskunst hätte ich Dir gar nicht zuge= traut, Harry!

D'Oyly.

O Gott, ich bin ja gar nicht Junius. Ich weiß gar nicht —

Wilkes.

Ruhig! Keinen Widerspruch mehr! Morgen ist die Hochzeit.

(Alle durch die Mitte ab. Der Saal hinter dem Vorderzimmer bleibt bis zum Schlusse des Aktes ganz leer.)

Achtzehnte Scene.

Burke, Grace (am Arm führend, beide unmaskirt, von links).

Grace.

Alles, was ich Ihnen über meinen Mann sagte, ver= traute ich Ihnen nur an, Mr. Burke, weil man Sie das gute Gewissen Englands nennt.

Burke.

Tausendmal Dank für Ihr Vertrauen, edle Frau. Und doppelt glücklich bin ich, Ihnen versichern zu können, daß jeder Zweifel an Francis unbegründet ist. Ihre Mittheilungen haben mir wunderbares Licht verbreitet über ein undurchdringliches Dunkel. Ich nehme die Leuchte aus Ihrer Hand, edle Frau, um auch Ihnen trostloses Dunkel, das der Zweifel und Sorgen, zu verscheuchen, Ihnen zu zeigen, welch ein herrlicher Mann Ihnen in Francis beschieden ward. Begeben Sie sich nur auf wenige Minuten in dieses Zimmer, wo Sie Freund Calcraft finden werden (geleitet sie nach rechts), dann soll Ihnen die Zeit der Prüfung vorüber sein.

Grace.

O wie glücklich werde ich sein, wenn auch diesmal Burke wahr spricht!

(Grace ab.)

Neunzehnte Scene.

Burke (allein).

Burke.

Es fällt mir wie Schuppen von den Augen! Konnte ich so blind sein? Francis ist Junius! ([32]) Um mich irre zu führen, hatte er immer an Junius zu tadeln. Ja, auch Francis' Handschrift ist, trotz aller Verstellung, genau dieselbe wie die des Junius! Wo finde ich ihn, um ihn zu umarmen, ihm zu danken.

Zwanzigste Scene.

Burke, Francis (ohne Maske, durch die Mitte).

(Francis hat das Käſtchen mit der Prachtausgabe der Juniusbriefe bei ſich, das er, um es vor Burke zu verbergen, hinter ſich auf einen Tiſch ſtellt und mit ſeinem Barett bedeckt.)

Burke

(eilt auf Francis zu mit ausgebreiteten Armen und tiefbewegtem Antlitz).

Francis! Laſſen Sie ſich an mein Herz drücken!

Francis

(erſchrocken zurücktretend und Burke abwehrend).

Was fällt Ihnen ein, Mr. Burke! Sähe ich zum erſten Mal den nüchternen Burke im Rauſche?

Burke.

Sie wollen mich nicht verſtehen, mein Dänenprinz. Gut. So geſtatten Sie mir vielleicht, Ihnen eine kleine Rede zu halten, die ich morgen im Parlament zu halten gedenke; ſie wird Sie intereſſiren.

Francis.

Jede Ihrer Reden intereſſirt mich.

(Sieht hinter ſich, ob das Käſtchen verborgen iſt).

Burke.

Sie ſind alſo der Sprecher des Hauſes, ich rede Sie an.

Francis.

Ich nehme die Ehre an.

(Im Tone des Sprechers des Parlaments.)

Mr. Edmund Burke hat das Wort!

(Blickt wieder auf das Käſtchen.)

Burke (im Tone des Parlamentsredners).

„Wer iſt dieſer Junius, Sir, habe ich ſchon einmal gefragt, als ich Seiner Majeſtät gegenüber ſtand. Ich glaubte damals, er sei ein wilder Eber, der alle Netze durchbreche und seine Feinde niederstrecke. Nein, Sir, er ist der königliche Adler, der hoch über uns Allen thront, über beiden Häusern des Parlaments, über dem Palast von St. James und ganz England."

Francis (im Tone des Sprechers).

Schweifen Sie nicht etwas von der Sache ab, Mr. Burke?

Burke (im Tone des Parlamentsredners).

„Nein, Sir, Junius gehört zu jeder Sache, die uns beschäftigen kann. Aber reden wir ganz nüchtern und schlicht. Schildern wir den Menschen Junius, wie er ist."

Francis (im Tone des Sprechers).

Kennen Sie ihn denn, Mr. Burke?

Burke
(im Tone des Parlamentsredners, immer mächtiger in Rede und Ausdruck).

„Ich denke ja, Sir. Bisher suchte man Junius unter den mächtigsten und reichsten Gliedern der höchsten Ge= sellschaft; man glaubte, daß nie eine persönliche irdische Mühe und Sorge sein Herz berührt habe, außer der großen Sorge um sein Vaterland. Das glaubte man, Sir, und sagte: Junius ist der größte Patriot und Schrift= steller Englands. Aber man schätzte Junius viel zu niedrig, Sir, indem man ihn unter den Spitzen der Ge= sellschaft suchte. Junius ist ein schlichter Bürger, Sir, ein kleiner Beamter. —

Francis (zusammenfahrend, unruhig).

Burke.

— „Der mit einem kleinen Gehalt sich und die Seinen schlecht und recht durch's Leben schlägt. Und aus dieser kleinbürgerlichen, von der gemeinen Sorge und Noth des

Lebens nicht immer freien Stellung heraus hat der junge
Mann, dem wir die Juniusbriefe danken, sich emporge=
schwungen zu den höchsten Höhen menschlichen Geistes.

Francis
(wendet sein Gesicht von Burke ab, um seine tiefe Bewegung nicht zu ver=
rathen).

Burke (mit wachsender Begeisterung fortfahrend).

„Sein Verleger bot ihm die Hälfte des großen Ver=
mögens, das er durch die Juniusbriefe gewonnen hatte, —
Junius aber lehnte jedes Honorar für seine unsterbliche
Arbeit ab, außer einem einzigen kostbar gebundenen
Exemplar seiner Briefe“ —

Francis (in größter Erregung, bei Seite).
Woher kann er das Alles wissen? —

Burke (fortfahrend).

„Der junge Mann, der Junius ist, Sir, war, ehe er
als Junius schrieb, der glücklichste Gatte und Vater. Das
tiefe Geheimniß seiner Verfasserschaft bewahrte er vor
allen Menschen, auch vor seiner treuen Gattin. Sein
geheimnißvolles, verschlossenes Treiben erregte ihr Miß=
trauen, ihre Eifersucht. Sie quälte sich und ihn damit
seit mehr als einem Jahre. Er aber opferte das Beste,
das er besaß, seinen häuslichen Frieden, für sein Vaterland.

Francis
(fährt sich mit der Hand über die Augen).

Burke (fortfahrend).

„Welches menschliche Herz endlich hätte der Versuchung
widerstehen können, zu sagen: Ich bin Junius! Mir
allein gebührt der Lorbeer, den Ihr bereit haltet, ihn
um das Haupt des großen Schriftstellers zu schlingen —?

Junius verzichtete auf diesen beseligenden Triumph. Auch als mit der Freisprechung Woodfall's jede Gefahr sich zu nennen für ihn vorüber war, griff er nicht nach dem Kranz seines Ruhmes. England schuldet das vollste Maß seines Dankes diesem Junius, der die beiden römischen Vorbilder seines Namens an hoher Bürgertugend noch übertrifft. Gestatten Sie, Sir, daß ich ihm dankbar die Hand drücke?

(Er thut einen Schritt gegen Francis.)

Francis (überwältigt).

Das ist zu viel, viel zu viel, Burke! (Er umarmt Burke und verbirgt sein Haupt an dessen Brust, dann sich das Auge trocknend und sich sammelnd.) Geht! Laßt mich allein.

Burke (ihm die Hand drückend und ihn küssend).

Ich gehe.

(In der Thüre rechts trifft er mit Calcraft zusammen.)

Einundzwanzigste Scene.

Vorige. Calcraft.

(Francis links im Vordergrund, sein bewegtes Gesicht den Andern abgekehrt; Burke und Calcraft flüsternd.)

Calcraft (zu Burke).

Leisten Sie Frau Francis im nächsten Zimmer (nach rechts deutend) Gesellschaft, bis ich sie rufe.

Burke.

Mit Vergnügen. (Burke ab.)

Zweiundzwanzigste Scene.

Francis. Calcraft.

Calcraft
(auf Francis zutretend, der immer noch abgewandt steht, sinnend nach dem Barett greift und es aufsetzt, zärtlich).

Francis!

Francis (seine Erregung bemeisternd).

Hier. Was giebt's?

Calcraft.

Francis, Sie haben mehr gehalten und geleistet, als wir je hoffen konnten. Lord Chatam schreibt mir: er könne nun ruhig zur Grube fahren, da ein Größerer als er lebe, Junius.

Francis.

Junius würde Chatam antworten, er sei ein Schmeichler. Junius wird sich nicht bereit finden lassen, den Dank Einzelner — wären sie auch die besten Männer Englands — entgegen zu nehmen, nachdem er auf die rühmliche Dankbarkeit seines ganzen Volkes Verzicht geleistet. Er muß Lohn genug haben an dem Bewußtsein, daß er seinem Volke gezeigt hat, was der einzelne Bürger leisten kann, wenn er will.

Calcraft.

Junius hat Recht. Aber Junius ist ein Mensch, wenn er auch in unsichtbaren Wolken thront. Er hat menschliche Pflichten gegen die, die ihm am nächsten steht, seine Gattin —

Francis.

Junius als Junius kennt nur die Pflicht gegen sein Vaterland.

Calcraft.

Ich weiß es. Ich danke ihm dafür. Aber Alles hat eine Grenze. Uebermenschliches soll kein Mensch wagen. Ich bin ein alter harter Mann, der nie ein Weib das seine nannte. Ich stehe ganz allein in der Welt und mein Name wird mit mir sterben. Ich kann nicht einmal mit Junius sagen: stat nominis umbra, der Schatten meines Namens bleibt. (Erblickt das Kästchen.) Aber Junius

sollte den einzigen Lohn, den er für seine Schriften ge=
nommen, mit seinem Weibe theilen. Sie weiß, daß er
ihn erhalten, Woodfall hat uns und ihr das Buch gezeigt.
(Er deutet auf das Kästchen.)

Francis (freudig erregt).

Sie weiß es? Und das Geheimniß des Junius?

Calcraft.

Es ruht am sichersten an ihrer treuen Brust. Ich
hole Ihre Gattin, Francis. (Calcraft ab nach rechts.)

Dreiundzwanzigste Scene.

Francis (allein).

Es geschehe! Uebermenschliches soll kein Mensch wagen,
er hat Recht! Endlich kann ich die Maske abnehmen vor
ihr, meiner Grace, und ihr zeigen, wer ich bin!
(Er nimmt das Buch aus dem Kästchen und stellt sich davor.)

Vierundzwanzigste Scene.

Francis. Grace. Später Burke und Calcraft.

Grace
(von rechts langsam und erregt auf Francis zuschreitend).

Mr. Burke und Calcraft sagten mir, Du werdest mir
ein großes Räthsel lösen, Philipp — das Räthsel, das an
meinem Herzen nagt.

Francis
(ihr tief in's Auge blickend und über ihre Stirn streichend).

Nicht in Worten, Grace, aber durch die That. (Er
nimmt das Buch vom Tische und überreicht es ihr.) Hier übergebe
ich Dir einen Schatz. Er sei Dein, weil ich weiß, daß
Du sein Geheimniß hüten wirst vor Allen, wie die Ehre
unsres Hauses.

Grace

(mit größtem Erstaunen das Buch in ihrer Hand betrachtend).

Das ist — das Buch, das Junius von Woodfall erhielt, Philipp. — (Plötzlich erleuchtet): Du bist Junius, Philipp? — O Gott! das erklärt Alles! (Sie sinkt ihm zu Füßen.) Vergib mir!

Francis (sie emporziehend und umarmend).

Grace!

Burke und **Calcraft**

(erscheinen in der Thüre rechts und blicken gerührt auf die Gruppe).

Der Vorhang fällt.

Anhang.

Historische Nachweise.

Alle Personen des vorstehenden Stückes sind geschichtlich. Die geschichtliche Zeitfolge der Ereignisse ist in den ersten drei Akten genau festgehalten; im vierten sind die Ereignisse eines Jahres zusammengezogen. Wo weniger bekannte Thatsachen in der Handlung des Stückes berührt oder Stellen aus den Briefen des Junius oder Urtheile von Zeitgenossen über Junius angeführt, sein Briefwechsel mit Wilkes und Woodfall, sein intimer Verkehr mit Calcraft und Chatam u. s. w. und die merkwürdige Gestalt des Predigers Rosenhagen erwähnt sind, schien es angemessen, auf die Quellen in Noten zu verweisen, um darzuthun, daß es sich auch hier nicht etwa um Gebilde der Phantasie des Verfassers, sondern nur um die dramatische Gestaltung geschichtlicher Thatsachen handelt. Hier folgen diese Quellennachweise.

Erster Akt.

Note 1, S. 6. Lord Mahon, Geschichte von England (v. 1713 bis 1783), Tauchnitz' edition Bd. V, S. 199 fg., deutsch von Dr. Fr. Steger (Braunschweig 1856) Bd. V, S. 227 fg. Ueber die ganze im ersten Akt gegebene Exposition der damaligen politischen Lage und Parteikämpfe z. vgl. May, Verfassungsgesch. Englands seit Georg III., deutsch von Oppenheim Bd. I, S. 345 fg. Bd. II, S. 88 fg. H. Cox, Staatseinrichtungen Englands (deutsch von Kühne, Berlin 1867) S. 257 fg. May, das engl. Parlament und sein Verfahren, deutsch von Oppenheim S. 61 fg. Dr. Friedr. Brockhaus „die Briefe des Junius", Leipzig, Brockhaus 1876 S. 1—42.

Note 2, S. 6. Mahon (Tauchnitz) V, 203. (Steger) V, 227 fg. Brockhaus S. 40.

Note 3, S. 8. Mahon ebenda.

Note 4, S. 8. John Wade „Junius" Bd. I. (Bohn's standard library, London 1865). Chatam Papers (Chatam Correspondence, Bd. III und IV an zahlreichen Stellen.

Note 5, S. 11. Mahon (Tauchnitz) V, 33; (Steger) V, 37.

Note 6, S. 12. Mahon ebenda.

Note 7, S. 13. Mahon (Tauchnitz) V, 210 fg.; (Steger) V, 218. Juniusbriefe, deutsch von Arnold Ruge (8. Band seiner Gesammelten Schriften) S. 20 fg.

Note 8, S. 16. Der ganze Lebenslauf des Francis ist streng geschichtlich dargestellt. Wade II, S. XXXII fg.

Note 9, S. 18. Mahon (Tauchnitz) V, 215, cap. 47.

Note 10, S. 18. Wade II, S. XVIII und I, 16.

Note 11, S. 24. Mahon (T.) V, 319 fg.; (St.) V, 362 fg.

Note 12, S. 27. Mahon (T.) V, 200; (St.) V, 228.

Note 13, S. 30. Wade II, S. XVI. LX fg. Chatam Papers Bd. III und IV an zahlreichen Stellen. Im IV. Band das Facsimile eines Briefes von Junius an Lord Chatam.

Note 14, S. 34. Woodfall sowohl wie Rosenhagen waren Schulkameraden von Francis gewesen. Wade II, S. XXXIII.

Zweiter Akt.

Note 15 S. 41. Mahon (T.) V, 241; (St.), V, 271.

Note 16, S. 42. Wade I, 4.

Note 17, S. 44. Wade II, S. XXI.

Note 18, S. 48. Wade II, S. XXXII.

Note 19, S. 62. Juniusbrief 10, bei Ruge, S. 73.

Dritter Akt.

Note 20, S. 102. Wade II, S. XIV.

Note 21, S. 104. Wade II, S. XXV. Wade theilt die Liste vollständig mit.

Note 22, S. 104. Wade, ebenda. Lord Camden war auch darunter.

Note 23, S. 112. Juniusbrief 35 vom 29. Dec. 1769, bei Ruge, S. 208 fg.

Vierter Akt.

Note 24, S. 123. Mahon (T.) V, 261; (St.) V, 296. Wade II, S. LXIII.

Note 25, S. 125. Mahon und Wade, ebenda.

Note 26, S. 127. Juniusbrief 14, bei Ruge, S. 93.

Note 27, S. 129. Wade I, 471—473. Brockhaus, S. 82 fg.

Note 28, S. 130. Mahon (T.) V, 283; (St.) V, 322 fg.

Note 29, S. 132. Wade II, S. 1 fg. (insbef. sind in dieser und den folgenden Scenen die Briefe des Junius an Wilkes S. 87 (N. 70), S. 100 (N. 77) und die Briefe des Junius an Woodfall S. 58 (N. 58) u. S. 60 (N. 63) berührt.

Note 30, S. 134. Wade I, S. LXXII fg. Brockhaus, S. 88.

Note 31, S. 139. Die ungeheuerliche Thatsache, daß Rosen=hagen sich durch die Vorspiegelung, er sei Junius und werde nicht mehr schreiben, bei Lord North eine Pension zu erschleichen suchte, ist historisch beglaubigt. Wade sagt darüber (I, S. XVII): „Rosenhagen was ambitious of the honor and in common with other pretenders ducked in the plumage of the royal bird, sought to profit by it; for upon the authority of Gerard Hamilton it is related by Almon, that Rosenhagen tried to negociate a pension for himself with Lord North, on the stipulation that Junius would write no more."

Note 32. Wade II, S. XXVIII. „Burke always considered Francis to be Junius." Nach dem Zeugnisse von Francis' Gattin.